leconte STORIES

STORIE[s] è un'eccezione di STORIE ideeidiozieidiomi

Direttore responsabile GIANLUCA BASSI

a cura di BARBARA PEZZOPANE

Coordinamento redazionale GIULIA BORIONI
Progetto grafico VERSATILE, ROMA
Art director BEATRICE CIOCCA

Traduzione dall'americano CARLO MELLO
Cover: InkOates di SIRIA VIGNA

MISTRIAL - senza verdetto
Leconte editore
Via Suor Celestina Donati 13/E
00167 Roma - Tel&fax 066148777

Prima edizione febbraio 2011

www.storie.it – leconte@storie.it

ISBN 978-88-88361-82-6

Joyce Carol Oates

MISTRIAL
senza verdetto

a cura di Mary Morris
traduzione di Carlo Mello

lecOnte

MISTRIAL senza verdetto

MISTRIAL
senza verdetto

Mistrial

Anni in attesa di un segno, ora Dio mandava un segno.

Servizio di giuria! La convocazione arrivò per posta.

In mezzo alla solita pila di bollette, pieghevoli, cataloghi per il tempo libero inviati a mio fratello Hubert McSwann c'era la lettera del tribunale della contea di Mercer con sopra stampigliato DENISE MCSWANN. Fu con un brivido di paura ed eccitazione che presi la busta perché di rado arrivava posta per DENISE MCSWANN, 73 Hurdle Avenue, Trenton, New Jersey. Col suo deambulatore in alluminio la mia anziana madre entrò nella stanza sferragliando e borbottando fra sé e sé Denise? È la posta? C'è niente per me? ma nascosi alla svelta la lettera dicendo No mamma. Solo per me.

In tribunale, era seduto a uno dei banchi di fronte alla corte.

Lo vedevo da una certa distanza, ma piuttosto bene. Mi attraversò le vene una tale sensazione di debolezza che credetti di svenire. Il che non è da me perché non sono minimamente una donna impressionabile. Ho fatto la bibliotecaria e sono abile a trattare con la gente ma alla vista di questa persona indicata come *l'imputato* ebbi quasi la sensazione che il mio cuore si fosse liberato da una tensione – o il mio cervello dalle tenebre – e rimasi di sasso, a gli occhi sgranati.

Signora? Qualcosa non va? s'informò uno degli incaricati dell'ufficio dello sceriffo e alla svelta risposi No! Non c'è proprio niente che non va, grazie.

Non osavo guardarlo di nuovo. Non osavo far trapelare l'emozione.

Presi posto alla cieca. Oh! – il cuore mi batteva come un passero che scuote le ali impigliate.

Era accusato di tali crudeltà, non poteva essere vero. Non potevano che essere pettegolezzi e false testimonianze prodotte contro di lui. In quel primo istante i suoi occhi erano talmente imploranti – *scattò un'intesa tra di noi!* – un qualcosa di totalmente diverso da tutto ciò che avevo sperimentato fino ad allora nella mia esistenza.

Se dapprima ero rimasta infastidita e preoccupata da quella convocazione nella zona degli uffici di Trenton, adesso mi sembrava ci fosse un disegno in tutto ciò, Dio mi stava guidando.

Vi prego di non sorridere; non sono proprio per niente una bigotta che si lascia impressionare. Era totalmente estranea alla mia vita – una convinzione così forte, intendo. La maniera in cui mi accorsi che in quella ridicola corte era l'unico designato come *l'imputato*; gli occhi fissi di tutti gli altri puntati su di lui in quanto *criminale* che sarebbe stato costretto a *subire un processo*; ma prove così insignificanti quali quelle che sarebbero state addotte a suo carico non mi avrebbero mai convinta, lo capii fin dall'inizio.

Il disprezzo mi riempì il cuore come il più dolce dei balsami. *Non mi convincerete mai!*

Non credo che ne svelerò il nome. Solo le iniziali: *R.S.*

Vi domanderete come facessi a essere così sicura, dell'innocenza di R.S. riguardo i crimini a lui contestati, e io vi risponderò dicendo che sono sempre stata una che ha seguito il proprio intuito e l'istinto e raramente mi sono sbagliata. Nel lavoro di bibliotecaria in contatto continuo col pubblico ho imparato ben presto a fare affidamento su questa *luce interiore* che non mi ha mai tradito.

Del resto il meccanismo di *selezione della giuria* non mi è nuovo. DENISE MCSWANN nel corso degli ultimi venticinque anni è stata chiamata diverse volte dal tribunale della contea di Mercer per l'esame della giuria e in tutte le occasioni sommariamente scartata nel *vuar dire* dal giudice che presiedeva la seduta. Questa volta giurai solennemente che sarebbe finita in modo diverso.

Spettava al giudice formare la giuria di quattordici persone: dodici giurati "attivi", due "sostituti"; quanto desideravo – pregavo in cuor mio – che venisse pronunciato il nome di DENISE MCSWANN.

Impettita, sedevo sulla dura fila di panche assieme agli altri giurati. Ho quarantasei anni e vengo da un'ottima famiglia di Trenton e sì, sono vergine; e non mi pento per l'integrità inviolabile del mio corpo.

Durante la noiosa procedura del *vuar dire* osservavo di nascosto *l'imputato.* Sembrava sui trentacinque, seduto dignitosamente accanto all'avvocato al banco della difesa, a tratti indocile come quando scuoteva le spalle larghe e muscolose dentro lo stretto completo scuro che lo fasciava; incapace di resistere alla tentazione di voltarsi a gettar l'occhio verso la fila dei giurati, con uno sguardo che mi trafiggeva il cuore... Aveva i capelli tagliati di fresco per l'occasione, irti ciuffetti corti e neri come la pece e quegli occhi *occhi spauriti* scurissimi, doveva avere le iridi nere.

Una creatura in cattività, *l'imputato* R.S. Che muoveva a pietà, ma incuteva anche un brivido di paura, a immaginarselo libero, e potenzialmente pericoloso.

Delle accuse elencate dal giudice la più grave era l'*omicidio volontario*. Naturalmente la difesa sosteneva la *legittima difesa* eppure era evidente quanto fosse avventato provocare un uomo del genere: l'animale maschio fuori dalla gabbia. Perché qui non si trattava di quel piagnucoloso bulletto ipocondriaco di mio fratello Hubert sempre a chiedere il piatto in tavola cucinato come diceva lui – e le camicie bianche di cotone "dal taglio classico" stirate come diceva lui – all'amorevole mammina e alla sorella a servizio che erano prone a ogni suo piccolo capriccio; qui c'era il vero *maschio dominante* cui non è applicabile la morale del luogo comune.

Sul polso destro di R.S., un qualche tatuaggio. E sotto il mento pronunciato, all'altezza della mascella quadrata, la labile traccia di una cicatrice, o forse un altro tatuaggio, che dalla mia posizione in aula non riuscivo a distinguere.

Avvampai in viso, per un attimo R.S. aveva intercettato il mio sguardo! Quei begli *occhi spauriti* si rimpicciolirono come di stupore e in uno stato di allerta animalesco. Osai un sorriso – giusto un tremor di labbra – abbassando immediatamente gli occhi – poiché quel giudice così zelante magari ci stava osservando – ma un attimo dopo gli lanciai un'altra occhiata, con il cuore che mi martellava in petto nel desiderio irrefrenabile di far sapere a quell'uomo che *Io! Sono tua amica io! Credimi, di tutti gli sconosciuti che affollano questa corte sono io quella che è stata mandata in tuo aiuto.*

Perché così la vedo: tutte le cose provengono da Dio. Poiché è Dio l'arbitro supremo del caso, del fato e del destino. E così dev'essere, c'è la mano divina dietro quest'apparente casualità: Denise McSwann è stata convocata a prestare *servizio di giuria* proprio in questo giorno fra tutti i giorni possibili, il giorno fissato dallo stato del New Jersey per l'inizio del processo contro R.S.

Non esistono le coincidenze. Il puro caso non è altro che una manifestazione del destino.

Ho già detto che il giudice di questo processo era donna? Scrupolosa e bruttina e grosso modo mia coetanea se non più vecchia e dentro quella sua stupida toga nera simile a un costume di Halloween che suscitava sì un po' d'invidia in me, lo confesso, ma innanzitutto disprezzo *E chi si crede di essere è solo una donnetta qualunque con un travestimento addosso*. Sempre a ripetere i medesimi ammonimenti in modo alquanto esasperante come se si rivolgesse a un'aula piena di ritardati ma DENISE MCSWANN in seconda fila fu così astuta da non rivelare la minima traccia dell'impazienza che sentiva dentro di sé.

Ci metteva sempre sull'avviso, fino alla noia: nessun contatto con i funzionari della corte né con l'imputato per tutta la durata del processo. Proibito scambiarsi un cenno di saluto in corridoio con alcuno di questi individui e proibito seguire il caso sui media ma soprattutto vietato rintracciare l'imputato o un qualsiasi membro della famiglia dell'imputato o qualsivoglia conoscente dell'imputato pena *disprezzo della corte.* Vietato parlare del caso persino coi propri familiari pena *disprezzo della corte.*

Annuii di buon grado: Sì! Naturalmente.

Come in una lotteria i nomi dei giurati erano estratti a sorte e poi presentati al giudice affinché li leggesse ad alta voce con quell'irritante tono nasale. Ogni volta mi aspettavo di sentire DENISE MCSWANN e una fitta di delusione infantile mi coglieva al sentir pronunciare il nome di un altro. Che frustrazione! Col passare delle ore, otto, dieci e infine undici furono i giurati scelti e ne rimanevano solo tre per completare il banco della giuria, due dei quali erano i "sostituti" ossia quelli che non avevano diritto di voto. A quel punto con la disperazione in petto pensavo *Che Dio mi abbia ingannata? Che si stia forse prendendo gioco di me? Ammettermi alla sua presenza per poi farsi negare: perché mai?*

Nelle altre occasioni in cui ero stata convocata a prestare *servizio di giuria* non ero stata scelta naturalmente. E ogni volta mi avevano detto che in quelle bocciature non c'era niente di *personale.* Ma non ero certo tanto stupida da crederci. Di fronte alle domande di prammatica del *vuar dire,* avevo risposto sinceramente come prescritto, ma con quale risultato?

Un giudice (maschio) aveva intonato tutto pomposo la solita cantilena *Signora McSwann le è ben chiaro il principio di "presunzione d'innocenza"? È in grado lei di farsi un giudizio obiettivo in merito alla colpevolezza o all'innocenza dell'imputato sulla sola scorta del dibattimento stabilito per legge senza farsi influenzare dal fatto che sull'imputato gravano i suddetti atti d'accusa?* e io senza esitazioni avevo risposto *No vostro onore* mentre il silenzio scendeva nell'aula e il giudice mi fissava come non avesse afferrato bene al che avevo tentato di spiegare *Vostro onore qualunque persona di buon senso sa bene che, quando un criminale viene prima arrestato e poi messo sotto processo, qualcosa deve aver pur fatto: specialmente in una città ormai infestata dal crimine come Trenton, dove nessuno viene mai arrestato per alcunché, eppure ogni notte ci sono furti e scassi, pertanto nelle rarissime occasioni in cui la polizia riesce effettivamente a prendere qualcuno possiamo star certi che costui ha già commesso molti crimini in precedenza* – e il giudice tutto allarmato e con le vampe al viso quasi sospettasse che stessi scherzando o peggio che lo dileggiassi brusco mi aveva interrotto dicendo *Prego signora McSwann si può accomodare fuori, abbandoni pure l'aula.*

Cacciata dall'aula come una bambina cattiva e accompagnata – non era certo la mia immaginazione – da una scia di risatine.

Stavolta però ho giurato a me stessa *Non verrò bocciata di nuovo in questo modo.*

Sapevo che stavo suscitando un'ottima impressione non solo sul giudice ma anche sulla giovane procuratrice dell'accusa nonché sull'avvocato difensore, un uomo di precoce mezz'età dalla fronte perennemente aggrottata. In effetti è facile scambiare Denise McSwann per la "classica bibliotecaria" mite e senza carattere – di quelle impressionabili e manipolabili. Di tutti i giurati ero l'unica a indossare cappello e guanti bianchi; e fra le donne una delle poche che al posto dei soliti pantaloni sportivi o dei jeans sformati indossava un vestito, sotto il bel cappotto di lana nero con il collo di astrakan; ai piedi scarpe di vero cuoio e calze.

Dentro l'aula, il cappellino di lana celeste lo toglievo. Agli occhi del mondo sono solo una bruttina stagionata coi denti in fuori, le guance cadenti e le labbra sottili, il tipo di donna su cui la gran parte degli uomini nemmeno posa gli occhi, di fatto praticamente invisibile, ma nessuno sa che *Dentro di me c'è una donna del tutto diversa, rimarreste sbalorditi a vederla!* E la vera Denise McSwann gli stupidi non li può proprio soffrire, togati o meno. Avendo lavorato per diciott'anni alla Biblioteca Pubblica di Trenton nella succursale di Merck, sono stata messa duramente alla prova dalla fetta di cittadinanza più tarda e ottusa, per non parlare dei bambini e degli adolescenti difficili; a trentanove anni fui trasferita alla succursale che si trova in centro, rimossa dal reparto *Prestiti* e assegnata alla *Catalogazione*; infine, a quarantacinque anni, prepensionata.

Fu umiliante, essere costretta alla pensione così giovane, visto e considerato che i miei voti alla scuola per bibliotecari erano sempre stati ottimi e sapendo bene in cuor mio di essere una bibliotecaria coi controfiocchi; ma i continui contrasti con quel supervisore ignorante, e certi altri, ebbero la meglio sui miei poveri nervi e accettai la proposta che mi era stata fatta. Non senza una punta di soddisfazione maligna al pensiero di quell'invidioso di mio fratello Hubert. Infatti ci vorranno almeno altri quattordici anni prima che Hubert McSwann riesca ad andare in pensione quale assistente capo del direttore amministrativo al Museo Statale di Storia del New Jersey per poi mettersi a coltivare i suoi innumerevoli "hobby" – passatempi ridicoli di cui un adulto dovrebbe vergognarsi, anziché scalpitare all'idea di "rinverdirli". (Da adolescente Hubert aveva dato gran prova di sé nel campionato giovanile di scacchi a squadre del Nord Est, così almeno sostenevano lui e la mamma. E adesso accarezzava l'idea di ritornare agli scacchi, tra gli altri folli propositi).

Tutto questo pensavo mentre osservavo l'*imputato*. Con in sottofondo il brusio del *vuar dire*. La tenerezza mi strinse il cuore vedendo che aveva indosso un paio di calzini scuri spaiati, l'uno in tinta unita e l'altro con un tenue motivo. Vidi che il vestito gli cadeva male, quasi appartenesse a un uomo leggermente più basso. Vidi come si passava nervosamente la mano sui capelli impomatati. Di profilo il suo viso sembrava scavato nella pietra. E la fronte bassa gli dava un aria pensosa. Di sicuro quella mattina s'era rasato per venire in tribunale, ma già a metà pomeriggio scuri peli di barba cominciavano a spuntargli sulle mascelle come proiettili.

L'*imputato* si voltò lanciandomi un'occhiata irrequieta. Quasi registrasse ogni minima "vibrazione" che emanavo. Aveva un'espressione seria, corrucciata – con gli occhi a incrociare rapidi i miei – e Dio solo sa quanto volessi mandargli un segnale ma come potevo osare? – se il giudice avesse visto, mi avrebbe espulso dall'aula e tutto sarebbe finito di colpo.

La procedura del *vuar dire* è simile all'infilare materiali grezzi e ingombranti – stracci, rami d'albero – in un tritatutto. D'una lentezza esasperante! Quando alla fine il giudice decise per una breve sospensione i giurati cominciarono a brontolare, perché speravano di tornare finalmente a casa: erano le quattro e cinque del pomeriggio. Ci alzammo intorpiditi. Intorpiditi ci incamminammo verso l'uscita. La testa mi ronzava per la stanchezza. Le ginocchia mi reggevano a stento. Non osai voltarmi a guardare se R.S. fosse libero di lasciare anche lui l'aula.

Fuori da quei finestroni alti tre metri il cielo invernale del New Jersey era color latta e sembrava spugnoso come polistirene gocciolante.

Veloce mi feci strada giù per la cigolante rampa di scale fino al bagno delle donne sul ballatoio del primo piano. Dietro il mio atteggiamento "mite" si nasconde la determinazione a essere la prima della fila ogni volta che posso, mentre altre donne ancora vagano confuse sulle mie orme. Ero d'uno strano umore, fra l'allarmato e il sognante, tanto che mi sovvenne il severo monito *Se esci adesso nessuno saprà. Se furtiva sfuggi il peggio scongiurerai.*

Naturalmente Hubert aveva tentato di scoraggiarmi dall'obbedire alla convocazione, consigliandomi di presentare all'addetto alla giuria una giustificazione per *motivi di salute* e di evitare così questa tortura. Non hai i nervi saldi, aveva detto Hubert con quel suo tono garbatamente beffardo. E poi lo sai che devi restare a casa a occuparti di mamma.

Sei *tu* che non hai i nervi saldi e dovresti essere *tu* a restare a casa a occuparti di mamma.

Con questa sfrontatezza gli risposi, percorsa da quel tremito d'audacia che del resto mi accompagnava fin dall'infanzia negli scontri col fratello-bullo.

Non era vero, che i miei nervi non fossero saldi, in fondo. Né era vero che nostra madre avesse bisogno di assistenza ventiquattr'ore su ventiquattro. Per una donna di ottantun anni con artrite, pressione alta, "palpitazioni" e "vista offuscata" mamma era in ottime condizioni di salute e raramente si lamentava se non scherzosamente proprio come avrebbero fatto in televisione i suoi comici preferiti; rimarreste impressionati a vederla arrancare con quel deambulatore in alluminio: un grottesco crostaceo a due zampe che saltabecca per la stanza! Esagerare le condizioni di salute di mamma era un vezzo tipico di Hubert, dovuto al turpe desiderio di vederla presto mancare.

Infatti a Hubert spetterà "il grosso" dell'eredità! Non ho mai visto il testamento di mamma, ma questo lo do per certo.

Ritornata dal bagno fui sorpresa di vedere R.S. in corridoio, in piedi accanto all'avvocato. Era dunque "libero" – magari "libero" su cauzione – di tornarsene a casa dopo le sedute? Col cuore che mi batteva forte riuscii a passare – di soppiatto – accanto ai due uomini nella speranza di cogliere qualcosa della loro conversazione. In realtà non stavano proprio conversando, poiché per lo più era l'avvocato – più basso di R.S. di diversi centimetri – a parlare mentre R.S. si limitava ad ascoltare accigliato. Vidi bene come guardavano *l'animale in cattività* gli agenti che stazionavano a pochi metri da lì. Quei violenti bruti in uniforme zavorrati di aggeggi – cintura, fondina di cuoio, revolver, manganello, ricetrasmittente.

Da una stanzetta lì vicino che recava la targhetta RISERVATO AI TESTIMONI DELL'ACCUSA si riversò in corridoio una sciatta famiglia composta da una madre grassa e scarmigliata e alcuni mocciosi dagli occhi spauriti al seguito, i quali finirono per spingermi proprio dietro a R.S. e d'improvviso un pensiero mi balenò in testa *Se mi prendesse? In ostaggio? Ma gli ci vorrebbe una pistola.* Sentivo il suo odore – un odore di fumo di sigaretta, brillantina pungente come il catrame – la sua carnagione scura e ruvida sembrava butterata sulle guance e sulla fronte – ma quegli *occhi spauriti* dalle folte ciglia erano davvero belli, gli occhi di un uomo sensibile. Sotto la mascella c'era effettivamente un tatuaggio, e sul polso destro un pugnale d'argento con rose scarlatte attorcigliate alla lama...

Signora, sta bene?

Dovevo aver inciampato. Mi ronzavano le orecchie. Col cuore in gola – un tuffo – per un attimo – sentii un calore spaventoso attraversarmi il corpo.

Fu uno dei sorveglianti ad avvicinarsi per offrirmi aiuto. Era un giovane agente rispettoso coi superiori e non tradì alcuna mancanza di riguardo. Avevo tali vampe al viso che mi sembrava di prender fuoco. Oh che imbarazzo, per una con la mia dignità poi! L'*imputato* e il suo avvocato si allontanarono velocemente da me ma guardandomi di sottecchi, poiché ogni altro contatto era proibito.

Grazie, agente. Sto...

Ma il giovane agente mi prese forte il braccio, per scortarmi di nuovo in aula, al mio posto. Come fossi un'inferma! Una vecchia! E non una quarantaseienne nel fiore degli anni.

Però ero passata accanto a R.S.; mi sarebbe bastato allungare il braccio per toccarlo.

E lui mi aveva visto. Riconosciuto. *Il vento è cambiato* e io lo sentivo, e così infatti fu che l'ultimo nome estratto pronunciato dal giudice quel pomeriggio nel suo stridente tono nasale fu DENISE MCSWANN.

Eccomi, vostro onore! Eccomi qui!

Che astuzia nelle risposte al giudice. *No vostro onore nessun pregiudizio. Sì vostro onore imparzialità assoluta. No vostro onore mai letto né sentito nulla su questo caso. Sì vostro onore credo nel principio della presunzione d'innocenza fino alla dimostrazione della colpevolezza. No vostro onore la testimonianza delle forze dell'ordine non avrà maggiore peso di quella dei comuni cittadini. Sì vostro onore credo nel principio dell'innocenza "al di là di ogni ragionevole dubbio..."* Con le mani guantate strette in grembo e la voce leggermente tremante e l'aspetto di un anonimo cittadino di mezza età e sesso femminile non particolarmente intelligente residente a Trenton, New Jersey, nessuno poteva immaginare quanto avessi esultato in cuor mio alle parole del giudice *Signora McSwann lei viene nominata giurato numero dodici.*

Come previsto fu così che la giuria destinata a deliberare sul caso Stato del New Jersey contro R.S fu completata. In questo modo le vite di R.S. e Denise McSwann si legavano indissolubilmente come le rose tatuate attorno alla lama tatuata, per sempre.

La sera stessa a casa da nemmeno cinque minuti, e quel prepotente di mio fratello che proprio non ce la faceva a farmi le congratulazioni per una volta. E mi fissava col suo tipico sorriso di scherno.

Denise, *tu*! Dev'esserci uno sbaglio.

Cominciai a tremare. Nel timore che Hubert avrebbe mandato in rovina l'opportunità di una vita.

Balbettando dissi che era proprio così. Ero un *giurato*. Il processo sarebbe iniziato l'indomani alle nove.

Ma com'e possibile, Denise? Lo sai che tu non riesci mai a essere *obiettiva*. Sei emotiva, perdi subito la calma, ti arrabbi facilmente...

No. Non è vero.

Invece *sì* Denise. *Eccome.*

No! Sono il giurato ideale per questo caso. Il giudice mi ha fatto un sacco di domande durante il *vuar dire* e né l'accusa né l'avvocato difensore hanno trovato nulla da ridire.

Vuar dire? – Intenderai forse *voir dire*!

Avvampai in viso. E Hubert scoppiò a ridere. Hubert non perdeva mai occasione di rimarcare la mia modesta istruzione di piccola diplomata provinciale del New Jersey.

In tribunale lo chiamano *vuar dire.* Le esatte parole del giudice, Hubert – *vuar dire.* E comunque mi hanno scelta, è un fatto. Sono il giurato numero dodici e ho fatto un giuramento assieme a tutti gli altri, il giuramento di osservare la legge *e che Dio mi aiuti.*

Hubert scosse la testa come a dire non vi reggo più. Sono l'unico che ragiona, in questa casa di cretine.

Era vero, in effetti. Negli ultimi mesi prima della pensione ma anche dopo per un certo periodo non ero stata esattamente *in me.* Ma il passato è passato e il ricordo non mi sfiorava mai la mente fuorché quando Hubert mi pungolava in quel suo modo così crudele, come si può fare con una bestiolina impaurita. Era riuscito a mettermi in agitazione e a farmi balbettare. La paura mi attanagliava: a quell'uomo crudele, che si vantava tanto del suo insignificante impiego al museo statale di storia, sarebbe bastata una sola telefonata alla persona giusta per distruggere ogni mia speranza di sedere al banco dei giurati nel caso di R.S.

Di che processo si tratta, sorellina?

(*Sorellina*! Così Hubert mi apostrofava quando l'irritazione cedeva il passo all'esasperazione affettuosa, come fossi una bimba recalcitrante o la gattina di casa).

È un processo – per certi crimini.

Mi sforzai di inghiottire. Avevo la gola secca. Quanto avrei voluto gridargli in faccia *Ma l'imputato non è un criminale comune!*

Davvero? E quali crimini?

Hubert, non posso discutere di questo. Lo sai.

Beh – e chi è allora il criminale?

Non c'è un *criminale*. L'uomo sotto processo è solo un *imputato*. Non fanno altro che ripeterci di considerarlo *presunto innocente* fino a prova contraria.

Sorellina, avanti! Non fare la stupida. Pensi davvero che i cittadini "innocenti" vengano arrestati e portati in giudizio come criminali, specialmente qui a Trenton? Di che cosa è accusato?

No, Hubert. Non ne posso parlare.

Certo che lo puoi fare, sorellina. Mica parli con la mamma. Io non lo dico a nessuno.

No! il giudice ci ha dato precise istruzioni.

Tanto finirà sul *Trenton Times*. Vorrà dire che darò un'occhiata lì.

Dai modi di Hubert, cominciai a sospettare che stesse tramando per sabotare i miei piani. Mi vedeva tutta eccitata e con gli occhi che luccicavano. Non poteva sapere nulla di R.S. ma con l'astuzia del predatore avvertiva che c'era una nuova radiosa presenza nella mia vita.

Vuole che mi confidi con lui, pensai. Per poi tradirmi. Ecco il suo gioco.

A bassa voce e sforzandomi di non incrinarla, gli dissi Hubert non posso parlare del caso. Cerca di capire per favore.

Quale integrità morale! E così improvvisa! Sono davvero ammirato sorellina.

Scherno. Lo sapevo. E poi girò sui tacchi piantandomi in asso ma ero determinata a non fare la solita scenata condita di urla della sorella isterica che gli si scaglia addosso e lo tempesta di pugni col solo risultato di sconvolgere mamma e creare un gran trambusto in casa proprio prima di cena, proprio in un momento così cruciale della mia vita.

Questo episodio con Hubert, l'ho annotato nel diario. In questa bella agenda dalla copertina marmorizzata che contiene solo qualche appunto qua e là, scritto anni addietro durante la convalescenza dopo l'*esaurimento*.

Impietosamente sincere saranno tutte le mie annotazioni. Un distillato di tutto l'odio, il disprezzo e il profondo risentimento che nutro per mio fratello Hubert.

Se fossi una femminista, lo definirei un classico caso di *prevaricazione maschile*. C'è un solo problema: durante i lunghi anni di lavoro da bibliotecaria ero circondata dalle *tipiche femministe* e ho finito per odiarle, anche loro.

La questione è semplice: da quando sono in pensione sembra sia stato decretato – senza il mio consenso! – che debba essere io ad assistere mamma a tempo pieno e a occuparmi della casa – che certo non è piccola – come una massaia degli anni cinquanta a servizio mentre a Hubert è riconosciuto il diritto di essere l'unico membro della famiglia con un lavoro, una carriera, una professione e una *vita al di fuori della famiglia*.

Hubert: pronunciato alla francese *Huu-beart* con quell'accento nasale così snob.

Fin dall'infanzia Hubert era stato il fratello maggiore guardiano fuori di casa e il fratello maggiore aguzzino dentro. Eravamo gli unici due figli e mamma era l'unico genitore (vivente).

Se nutro un (segreto) disprezzo per l'Autorità – un desiderio di sabotare e di fare (segretamente) del male – è a causa di Hubert.

Da bambini Hubert mi dava il tormento ripetendo che lui solo era in grado di ricordarsi i gloriosi giorni – anni – in cui vivevamo nella spaziosa casa Tudor di Hurdle Avenue, proprio nel periodo in cui quel quartiere era "esclusivo" e non ancora "omologato". (Il mio adorato padre Timothy McSwann era morto d'improvviso per un attacco cardiaco quando io avevo diciassette mesi e Hubert sei anni. Aveva in comproprietà un'azienda di famiglia, la McSwann Ball Bearings Inc. di Trenton, venduta ormai da un pezzo). Hubert asseriva di esser stato lui solo – *Tu sorellina non c'eri tu frignavi in continuazione* – ad andare con papà alla fiera nazionale e al planetarium e al museo di storia del New Jersey dove un giorno Hubert McSwann sarebbe diventato assistente capo del direttore amministrativo e proprio a *lui* che era il figlio prediletto papà aveva confidato di non aver mai voluto una *seconda figlia*.

Che crudeltà dirlo proprio alla *seconda figlia*! Con voce flebile protestai che era una cattiveria e che non gli credevo.

Ma esultante Hubert gridò Sì invece! È vero! Papà e mamma *non andavano d'accordo* all'epoca. Avere te è stata *un'idea di mamma* e non di papà.

Non è vero! Non ti credo! Ti odio...

Quando cominciavo a piangere quel bullo di mio fratello maggiore si placava. In quei momenti di gongolante pietà, smetteva di tormentarmi.

Già a undici anni Hubert aveva l'aria dell'uccello predatore, un avvoltoio o una poiana, con quei piccoli occhi scaltri che mandavano lampi gialli e quel modo di "sorridere" a denti scoperti che faceva rabbrividire i più piccoli. La sua natura crudele di bullo lui la dissimulava di fronte agli insegnanti e comunque ai grandi di turno che anzi lo vedevano talmente maturo e responsabile da assegnargli oneri e onori. Nostra madre lo adorava come del resto tutti i parenti (di sesso femminile). I suoi hobby (gli scacchi, i modellini delle barche a vela, i francobolli, eccetera) venivano assecondati mentre i miei (flauto diritto e traverso, tip tap, astronomia, eccetera) erano a malapena tollerati. Hubert andava alla Pennington School mentre io frequentavo la scuola pubblica locale. Poi grazie a un misterioso "fondo fiduciario" lui andò a Yale dove conseguì laurea e specializzazione (Storia americana) mentre io facevo avanti e indietro in autobus prima per andare al Ryder College e in seguito alla scuola della New Jersey State Library a New Brunswick. E sempre grazie a quel fondo fiduciario Hubert poté visitare diverse volte l'Europa mentre io dovevo stare a badare alle necessità di nostra mamma rimasta vedova e a fare avanti indietro da casa alla succursale della Biblioteca Pubblica di Trenton a Merck.

Non che mi lamenti, *assolutamente no*.

Perché comunque – ci sono state delle storie d'amore. E una volta – a ventotto anni – persino – quasi! – un fidanzamento.

(Riguardo a questo Hubert con la sua consueta sensibilità non seppe far altro che prendermi in giro pur sapendo bene la pena che avevo nel cuore e che per mesi avevo pianto fino a crollare dal sonno per poi svegliarmi disperata e affamata in piena notte e scendere di sotto in punta di piedi ad aprire il frigorifero tanto forte era la tentazione di divorare quel gelato direttamente dalla scatola come una bestia famelica).

(E forse fu proprio in quel periodo a ridosso del mio trentesimo compleanno che mi decisi a fargli del male. Vedevo la vita che si dispiegava davanti a me come la statale del New Jersey ricoperta di macerie ed ebbi un'illuminazione: in qualche modo, un giorno – non sapevo ancora come – Dio mi avrebbe infuso la forza necessaria e finalmente avrei preteso giustizia dal fratello crudele).

E adesso, dopo aver tanto atteso un segno pareva proprio che *Dio avesse mandato un segno*. Quale giurato numero dodici che ha dato la sua parola impegnandosi a osservare la legge e a garantire all'imputato R.S. la *presunzione di innocenza fino a prova contraria*, avrei finalmente fatto sì che questa mia vita così disprezzata da gente come mio fratello e data per scontata da tutti gli altri fosse finalmente *redenta*.

Tutti in piedi! Entra la corte!

Penserete che quest'ordine doveva farmi infuriare, allergica come sono all'autoritarismo dispotico, eppure c'era un che di eccitante in quel *Tutti in piedi!* ripetuto per cinque giorni come ai fedeli in luogo sacro.

All'inizio di ogni seduta un vicesceriffo dal muso suino apriva la porta da dietro il banco del giudice ed eccolo il giudice che faceva il suo ingresso come su un palcoscenico con quell'insulsa palandrana nera – e il viso insignificante, giallognolo, piegato nella classica smorfia di chi si ritiene superiore – ma *senza anello* all'anulare sinistro, il che non mi sorprendeva affatto e tutti noi – povera plebaglia – eravamo costretti ad alzarci in piedi per riguardo alla sua autorità. E così lesta feci anch'io. Durante le ore in cui si protrasse la noiosa e poco persuasiva presentazione da parte dell'accusa conservai la medesima aria pacata, serena e deferente. Questa infatti era la strategia del giurato numero dodici DENISE MCSWANN.

Il processo sarebbe stato breve: cinque giorni appena. L'imputato poteva appigliarsi alla *legittima difesa* e poco altro perciò, a mio avviso ingiustamente, e sicuramente anche all'avviso di altri giurati, l'accusa monopolizzò tutto il tempo. Come Hubert aveva previsto il *Trenton Times* si occupò della vicenda dedicandole però ben poco spazio e anzi relegandola con mia grande delusione nelle pagine interne. Dal canto loro le televisioni locali non passarono alcun servizio. (A Hubert avevo detto che non avrei mai discusso del caso e che non l'avrei seguito neppure sui media, ma naturalmente feci l'esatto contrario. Era davvero improbabile che qualsiasi cosa avessi letto avrebbe potuto avere una qualche influenza su di *me*).

Le accuse contro R.S. erano: *omicidio volontario, ostacolo all'esercizio della giustizia, resistenza all'arresto e aggressione a pubblico ufficiale*. Tutte accuse rivolte dalla giovane procuratrice e vibratamente contestate dall'avvocato difensore. Ciascuna delle due parti presentò dei testimoni, l'accusa in numero ben maggiore, e ciascuna sosteneva che solo quelli della propria parte dicessero la verità. L'accusa sosteneva che R.S. fosse *colpevole,* la difesa che fosse *non colpevole* perché non aveva agito con premeditazione ma nella foga della colluttazione e soltanto con l'intento di "disarmare" una donna infuriata che lo stava assalendo.

Essenzialmente, il caso era questo. A dispetto delle ore passate ad ascoltare i testimoni dell'accusa – parenti della deceduta, ufficiali di polizia di Trenton, un vecchio bacchettone "esperto" in medicina legale di quelli che si vedono in televisione – il caso era questo. In cuor mio provavo sdegno per l'intero procedimento e come cittadina ero risentita che un'entità statale delle dimensioni del New Jersey potesse mobilitarsi contro un singolo individuo come R.S. – il quale, apprendemmo, aveva prestato servizio nell'esercito al tempo della guerra del Golfo nel 1991 ed era poi stato "congedato con onore" e aveva ora trentasette anni. Quanto avrei voluto sorridere a quell'uomo seduto così poco distante, dargli conforto. *Non perdere la speranza! Questo processo non sta in piedi.*

Sulle panche della prima fila dietro il banco della difesa sedevano i parenti dell'imputato. Non sarebbero mai stati gli stessi nel corso dei cinque giorni ad eccezione d'una donna anziana dallo sguardo smarrito con i capelli grigi e flosci come uno straccio da terra usato e la bocca imbronciata che ricordava quella di R.S. La madre, supposi.

Di tanto in tanto R.S. si voltava verso i parenti. E faceva un sorriso tenero e preoccupato alla donna dai capelli grigi quasi a dirle *Sto bene! Ti voglio bene.*

Donna non bella eppure con un che di struggente malinconia. Il tipo di cliente anziana lenta e fastidiosa che dal droghiere intralcia il passaggio col carrello finché poi perdo la pazienza brontolando *Permesso! Per favore!* E passo oltre spingendole il carrello di fianco. Ma in aula provai compassione. Che dolore vedere un figlio sotto processo! La signora S. doveva avere almeno dieci anni in meno di mia madre ma quando camminava era tutta un dolore denunciando l'artrosi proprio come la mia povera mamma e le venivano spesso le lacrime agli occhi di fronte alle terribili descrizioni di R.S. fatte dall'accusa quando enumerava le presunte *azioni gravissime* di cui s'era macchiato la notte del presunto *omicidio volontario* e lo definiva *un uomo brutale e senza scrupoli.*

Anche alla signora S. volevo mandare un qualche segnale. *Abbia fede! Non disperi. Lei ha un'amica fra i giurati.*

A bordo della mia Nissan di cinque anni grigio perla, sedetti per qualche minuto esausta ma stranamente sollevata nell'area di sosta di Broad Street destinata a PARCHEGGIO PER I GIURATI DELLA CONTEA DI MERCER. Fu al termine del mio primo giorno in giuria. Fu dopo ore di deposizioni da parte dei testimoni dell'accusa. Sebbene a casa fossi attesa per preparare la cena a mamma e Hubert, ancora non mi decidevo a partire, non ancora.

Fuori dal tribunale avevo indugiato per le scale sperando di intravedere R.S. Non che gli avrei parlato, ci mancherebbe. Né avrei parlato col suo avvocato, né con la famiglia. Ai giurati era vietato e non volevo correre il rischio di essere espulsa dalla giuria. Magari se mi fossi trovata da sola, per puro caso, nel bagno delle donne con qualcuno, per esempio la Signora S., le avrei fatto un sorriso, oppure un cenno amichevole col capo, ma di certo non ci avrei scambiato nemmeno una parola.

Ma non vidi nessuno di loro. Né R.S. né gli altri che credevo suoi parenti.

Signora? Posso essere utile? – una funzionaria mi aveva adocchiato sul ballatoio e mi si rivolgeva in modo deciso.

Cortese la ringraziai dicendole di no.

Stavo giusto per andar via, dissi. Faccio parte di una giuria, per oggi abbiamo appena terminato.

Scendendo le scale sentivo addosso occhiate come punteruoli da ghiaccio. Il viso mi scottava ma non senza un brivido di piacere.

Al cospetto di questi prepotenti, violenti, armati e pronti a sparare, pensi sempre *Se loro hanno licenza di uccidere, io ho licenza di provocare!*

Con i nervi in quello stato non riuscivo a decidermi ad andarmene subito, nella vecchia casa piena di spifferi di Hurdle Avenue a preparare la cena come al solito. Per mamma non ero granché preoccupata, perché avevo detto alla vicina di andarla a trovare e di restare fino a che io o Hubert fossimo tornati. Quanto alla disapprovazione di Hubert *Che se ne vada al diavolo, quel tiranno!*

Dopo un quarto d'ora o poco più seduta in macchina nel parcheggio – ormai era già calato il crepuscolo sotto un soffice nevischio – uscii lentamente dall'area quasi vuota e attraversai Broad Street superando tutti gli uffici del tribunale fino a State Street; poi presi la Stuyvesant Avenue e girai verso est all'altezza di Mott Street, cosa mai fatta prima d'allora, quindi proseguii fino all'isolato 900 di Mott – zona di Trenton a me sconosciuta – e avanti fino a raggiungere uno di quei duplex in laterizi segnati dal tempo, il numero 941 – luci tutte spente sia al primo sia al secondo piano – e calcinacci che ingombravano il viottolo d'entrata – e io che mi sentivo svenire con gli occhi fissi sulla casa *Non c'è nessuno lì dentro adesso. Quel che è fatto è fatto.*

Eccolo il *numero 941 di Mott* dov'era morta la donna. In una camera da letto al piano di sopra di quella casa in mattoni rossi. Stanza ora immersa nel buio dove nessuno avrebbe voluto entrare. A inzuppare il materasso e sul pavimento, macchie di sangue della donna morta dissanguata quella notte.

Questo sosteneva l'accusa. E i testimoni che erano tutti nemici di R.S. Che volevano dipingerlo come un brutale ubriacone. Ma R.S. aveva solo cercato di proteggersi da quella donna che lo aveva svegliato brandendogli contro un coltello, mentre lui aveva provato a disarmarla e nella lotta disperata che era seguita l'aveva accoltellata per fatalità.

Nove, le coltellate. Una volta assestata la prima, come in trance non era stato capace di fermarsi. Questa sarebbe stata la linea dell'imputato. *Un classico caso di legittima difesa* ecco le esatte parole dell'avvocato.

Ed R.S. era un reduce della guerra del Golfo. Questo era un fatto e i giurati non dovevano mai dimenticarselo.

Sentii un forte colpo di clacson alle mie spalle. Un veicolo mi era arrivato così addosso che per un soffio non mi aveva tamponato. L'accecante luce dei fari nel mio retrovisore.

Ormai non c'era altro posto dove andare per Denise McSwann, tranne casa.

Come va il processo, sorellina? Noioso, eh?

In questo modo Hubert sperava di provocarmi. Quella prima sera e tutte le altre che seguirono. In tono sostenuto gli dissi che non ne potevo parlare, come ben sapeva. Ero un giurato ed ero tenuta al riserbo. Vedendo che mantenevo un atteggiamento compassato Hubert scoppiò a ridere. *Un giurato e tenuta al riserbo*! Davvero divertente, *De-nise*.

Rideva persino del mio nome quell'insopportabile di mio fratello. Ma non avevo intenzione di farmi trascinare in un battibecco che avrebbe portato lo scompiglio proprio durante l'ora di cena.

Anche mamma voleva sapere tutto del processo. Le spiegai con fermezza che non potevo dir nulla fino alla sua conclusione.

Credo fossero gelosi. Era questa nuova radiosità che avevo in volto e una certa sicurezza nei modi. Gli improvvisi scatti di nervi da gatta selvatica erano scomparsi. All'insaputa di Hubert e mamma ogni sera di ritorno dal tribunale mi fermavo in un 7-Eleven per comprare tutti i giornali locali che riuscivo a trovare, e li sfogliavo avidamente in cerca di notizie sul processo – una delusione, c'era ben poco – sul *Trenton Times* giusto due righe in una pagina interna – anche se il terzo giorno gli avrebbero dedicato due colonne su cui campeggiavano una foto di R.S. scuro in volto e con addosso l'uniforme più una della donna deceduta, trentadue anni, un tipo banalmente carino con sopracciglia depilate, naso un po' schiacciato, piega arrogante delle labbra *Bernadette Enzio, trentadue anni al momento della morte*. Era la prima immagine che vedevo della presunta vittima; la strappai velocemente dal giornale accartocciandola nel pugno.

No. Non morivo dalla voglia di attardarmi su *Bernadette Enzio*. Al processo si parlava fin troppo di questa donna con la quale si diceva R.S. avesse convissuto saltuariamente per tutto l'inverno e tutta la primavera fino al momento della sua morte. Questa donna che di certo aveva spinto R.S. a fare quel che aveva fatto. *Non sono gelosa di lei. Però una giustizia esiste a questo mondo; lei non fa più parte della vita di R.S.*

Tentando di mostrarsi affabile, l'impiegata del 7-Eleven che aveva su per giù la mia stessa età, vedendo quello che stavo leggendo, mi disse Che brutta storia eh! Mi fa venire il voltastomaco leggere questa roba, persone del genere con una vita sconsiderata! Dice che ha avuto un *vuoto totale* e non si è accorto che quella donna stava morendo dissanguata lì nello stesso letto! – di sicuro era ubriaco o drogato – mi viene il voltastomaco solo a pensarci. Ora l'impiegata scuote la testa e io bado a spiegarle con calma che l'imputato è un reduce di guerra sotto psicofarmaci e quindi che colpa può avere mai? Del resto è stata la donna ad attaccarlo per prima, e con un coltello. Al che l'impiegata aggrotta la fronte dicendo beh sì, forse sarà andata così.

Che bello sarebbe averti in giuria con me! pensai. Con noi due sì che giustizia sarebbe fatta.

Fuori nel parcheggio ebbi cura di sbarazzarmi dei giornali. Conservai solo l'articolo del *Trenton Times* con quella bella foto di R.S. scattata così tanto tempo prima che quasi non avrei saputo riconoscerlo.

Negli ultimi giorni del processo presi l'abitudine di arrivare presto in tribunale. Speravo così di evitare la coda che dal varco della sicurezza si allungava disordinatamente fin sul marciapiede. Arrivando all'ora giusta c'era la possibilità di incontrare R.S. E lo osservai, R.S., mentre camminava per strada accompagnato dall'anziana donna dai capelli grigi e pochi altri – la sorpresa fu vedere che trascinava la gamba sinistra e che la spalla sinistra era leggermente più bassa dell'altra. Accelerai il passo per accostarmi a lui. Nell'aria fredda il mio respiro fumava. E avevo stampato sulle labbra un sorrisetto che sembrava cucito. Osai guardarlo solo di sottecchi notando che portava occhiali con lenti scure e che aveva un'espressione rigida sul volto, quasi sperasse di non essere notato. Un pensiero mi balenò in testa *Lo hanno disonorato agli occhi del mondo, deve essere vendicato.*

Mi affrettai di nuovo. R.S. e sua madre furono raggiunti da un'altra persona, a me sconosciuta. Con mio gran sollievo entrai in tribunale, al riparo dal vento gelido che tirava per Broad Street. Avevo le lacrime agli occhi e il cuore in tumulto e in testa le risa di disprezzo di Hubert per quella sorella un po' tonta che non sapeva tenere i suoi conti, nonostante la lunga esperienza di bibliotecaria alle spalle, e doveva rivolgersi a *lui* per badare alle sue stesse finanze. In coda per i controlli, armeggiai non poco per mettere la sporta e la borsetta sul nastro trasportatore. Signora? Ha qualcosa in tasca? Chiavi? Cellulare? E dalla sporta uscì fuori un pacchetto di tè rosso energizzante alle erbe, vasetti di yogurt, due piccole mele McIntosh e un coltellino di plastica – mentre l'agente di colore più anziano scoppiava a ridere. Signora, vedo che si è attrezzata per una lunga giornata!

Il *Trenton Times* riportava un altro indirizzo, sulla Drexell non lontano da Mott.

Eccomi procedere lentamente a bordo della Nissan oltre il 1291 di Drexell ove una casa a un piano dalla struttura in legno si appartava in un giardinetto punteggiato da dune di neve d'una strana bellezza nella luce riflessa delle finestre. Sempre lì al crepuscolo e poi al calar della notte per quaranta minuti a fare il giro dell'isolato intorno al 1291 di Drexell dove abitava la famiglia di S. e, come avevo ragione di credere, lo stesso R.S., se lo avevano rilasciato su cauzione.

Parcheggiai lungo il marciapiede. Con il motore acceso che ronzava come un insetto gigante. E i bocchettoni che soffiavano aria calda e malaticcia. D'improvviso fui colta da un delizioso stordimento per il solo fatto di star lì, a fissare le tendine tirate della residenza degli S., calde di luce soffusa.

La casa era un piccolo bungalow in legno. Con la veranda pencolante da puntellare. Mi trovavo in una scalcinata zona di Trenton distante dalla nostra casa nei pressi di Academy Woods Park. Ma nel vialetto d'ingresso la macchina, un SUV forse, sembrava nuova.

Come giurata ero scaltra e tranquilla. Era questa la mia strategia. In aula era vietato prendere appunti ma nella stanza dei giurati non era vietato e perciò durante le pause riuscivo a tenere questo diario sedendo in disparte a bere il mio tè alle erbe mentre gli altri chiacchieravano rumorosamente di famiglie, programmi tv e progetti per le vacanze.

Era davvero un oltraggio per me, sapere che quegli stupidi fossero i prescelti per pronunciare la sentenza su R.S.

Durante lo svolgimento del processo non ci era permesso discutere del caso e tuttavia da qualche commento col-to qua e là e osservando l'atteggiamento moralista del primo giurato – un tipo alla Hubert, invadente, sempre pronto a ritagliarsi ruoli non suoi – sentivo che alcuni colleghi giurati nutrivano forti dubbi sulla linea sostenuta dall'imputato imperniata sulla legittima difesa.

Mi tenevo in disparte al mio angolo del tavolo, continuando a scrivere su questo diario. *Nessuno di voi mi farà vacillare. So quel che so e non cambierò mai idea.*

In macchina di fronte al bungalow immerso nel buio, rimasi in attesa. Di tanto in tanto qualche veicolo passava per la strada che era ben più spaziosa di quella di Mott. Mezz'ora, in attesa. Non avrei saputo dire la ragione di quest'attesa soltanto che mi era impossibile andar via.

Alla fine la porta si aprì. Ed esitante una sagoma – di donna – si stagliò sull'uscio. I fari della Nissan erano spenti ma il motore acceso continuava a gettarmi in viso quell'aria calda, dolce e malata. Non era R.S. – non mi aspettavo che fosse R.S. – ma la donna dai capelli grigi che era sua madre, con un cappotto buttato addosso in tutta fretta. La signora S. era sulla sessantina con un corpo cadente, un triste volto cadente. Quel giorno fuori dal tribunale mi aveva notato e in aula tutti avevano visto che sedevo al banco dei giurati. Nella spietata luce del mattino il volto della donna si era rivelato come quello di una ragazza un tempo graziosa ma ora sfiorita, uno sguardo confuso negli occhi.

Ora richiamava la mia attenzione. Abbassai il finestrino, per sentire cosa volesse.

Signora? Mi scusi? Cerca qualcuno?

Sì. Sto cercando...

Pronunciai il *suo* nome. Pacatamente, e audacemente.

Subito disse Non è qui.

Se lei è la madre di R.S., potremmo parlare.

La donna si era avvicinata, e mi scrutava. Stringeva il bavero rialzato del cappotto, tremante. I riccioli grigi erano scompigliati dal vento. Perché, chiese. Perché mai dovremmo parlare.

Si guardò intorno preoccupata, controllando se c'erano altri veicoli parcheggiati lì intorno. Chissà che si aspettava la signora S., magari che cospirassi ai suoi danni in combutta con il Dipartimento di polizia di Trenton, per metterla in trappola! Era così lontano dalle mie intenzioni che scoppiai a ridere mio malgrado.

La prego si fidi di me signora S. Sono sua amica.

Un lampo d'astuzia le balenò negli occhi. Ma era ancora diffidente, sospettosa.

Signora non credo proprio sia il caso. No.

Se mi fa entrare in casa potremmo parlare.

Signora no! Non penso proprio sia una buona idea. Se lei è quella che penso io, non dovrebbe essere qui.

Non dovrei essere qui! Scoppiai a ridere, sprezzante. Dicendo Sono una libera cittadina degli Stati Uniti d'America. Vado dove diavolo mi pare. E faccio amicizia con chi mi pare. Nessuno mi dà ordini.

Vidi che queste parole dette a muso duro avevano un certo effetto sulla signora S. Aveva dovuto prendere atto che facevo sul serio. E che ero sua amica. E sempre a muso duro, mentre si mordicchiava le labbra dall'impazienza, le dissi Vuole almeno riferire una cosa a suo figlio da parte mia, signora S.? È importantissimo.

Non mi sembra una buona idea signora. Ora devo rientrare, signora.

Non si fida di me, signora S.? È un vero peccato.

Buonanotte!

La donna arretrò con fare nervoso e il bavero stretto alla gola. D'improvviso scoppiò a ridere, e vidi il suo respiro fumante.

Allora buonanotte! dissi ridendo.

Innestai la marcia e partii mentre la signora S. che si era ritirata su quella veranda pencolante rimase lì a osservare le luci rosse dei fanalini che scomparivano alla sua vista, e trionfante realizzai che sarebbe corsa a chiamare il figlio, con voce tutta affannata in tono d'allarme e meraviglia *Quella donna! Quel giurato! Penso sia nostra amica, e mi è venuta a trovare.*

Hubert aveva avuto una fidanzata, ma la poveretta era rinsavita in tempo.

Ironia della sorte, quella Hedda amica di Hubert faceva la bibliotecaria, come me. Ma a differenza di me, era (solo) una bibliotecaria al biennio delle scuole superiori di Ewing. Lessi subito disperazione in quel lungo muso equino dagli occhi dolenti. E provai una qualche simpatia per lei come fosse una sorella perduta.

Quello fu un periodo di benevolenza nella vita di mio fratello, durante il quale era cordiale con me e attentissimo con mamma. Come se *avere una fidanzata* gli avesse finalmente aperto il cuore, almeno un po'. Questo devo ammetterlo.

Hubert a trentacinque anni! Prima che cominciasse a perdere i bei capelli castani, prima che il pancione traboccasse dalla cintura dei pantaloni come un budino.

Ma tutte quelle attenzioni erano false, lo sapevo bene. L'uccello predatore annidato dietro gli occhi gialli era in attesa e alla minima provocazione avrebbe di nuovo dissep-pellito la *laurea a Yale* brandendola contro Denise.

Un pomeriggio mi vedo per caso con Hedda in un ne-gozio al centro commerciale di Ewing, dove mi ero fer-mata diverse volte a comprare qualcosa proprio nella speranza di incontrarla, quando usciva di scuola per an-dare a casa.

Con quale trasporto la salutai! Per nulla finto, un tenero affetto fraterno per la povera Hedda. Era un'illusa, ed era mio dovere impedirle di commettere un tragico errore.

Quanto era patetica quella donna dal volto equino, che si immaginava di aver trovato *l'amore* di un uomo, fosse anche mio fratello Hubert. E che coglieva ogni pretesto per rimira-re l'anello di fidanzamento al dito, l'anello della nonna, la madre di mia madre, un cimelio di famiglia che mamma era stata tanto stupida da dare a Hubert, e che era ora sotto i suoi occhi sorridenti, davvero un bell'anello antico d'oro con un brillante centrale di taglio quadrato contornato da altri pic-coli brillanti. *Che diritto ha mamma perché dare un bell'anello co-sì a Hubert e a me niente?*

Ma io non ero mica gelosa!

Io e Hedda ci sedemmo a prendere un caffè in uno degli spazi di ristorazione. Caffè e pasticcini, di cui ero ghiotta. Sarebbe stato un brutto colpo per quella povera illusa e lo volevo attutire in qualche modo.

Dopo uno scambio di lagnanze fra colleghe bibliotecarie – esposte in tono allegro e scherzoso – di botto dissi alla mia potenziale cognata: mio fratello è un fecitista.

Che cosa?

Fe-ci-ti-sta.

Hedda mi guardava con occhio assente. Su mio invito aveva addentato il pasticcino di ananas ma ora quasi non masticava, non più. Le folte ciglia sbattevano rapide su quei begli occhi equini del tutto smarriti.

Hedda, un *fe-ci-ti-sta* è un depravato sempre in cerca di stimoli sessuali che si sfoga con strani oggetti come le scarpe delle donne. È una patologia ignominiosa e pare che *resista a ogni forma di terapia.*

Hedda aveva ancora gli occhi fissi su di me. Si portò il tovagliolo alla bocca frettolosamente.

Con tono serio e abbassando la voce mi sporsi verso di lei per confidarle quanto fosse stato scioccante scoprire il *nascondiglio segreto* di mio fratello in una scatola nel suo armadio, legata con lo spago, qualche anno addietro quand'ero appena una ragazzina. Quella volta, le dissi, avevo subito rimesso a posto la scatola senza aprirla. Ma poi c'era stata quella *cosa* al Museo di Storia, anni prima, dissi a Hedda che la notizia non era mai uscita sui giornali e che era stata fatta passare *sotto silenzio* e perciò quella volta avevo preso coraggio mentre ero sola in casa, ero ritornata in camera di Hubert, la scatola era ancora lì, anzi ce n'era una più grossa, nascosta proprio in fondo all'armadio, così, con il cuore in tumulto, l'avevo tirata fuori togliendo lo spago e dentro – che shock, il pensiero mi faceva ancora stare male – c'erano scarpe di donna, col tacco alto, spaiate addirittura, e anche scarpe da bambina, e calzini tutti induriti di sporco che Hubert doveva aver trovato nel parco, oppure nella spazzatura o chissà dove. Mentre raccontavo a Hedda della mia scoperta, mi si erano inumiditi gli occhi e le avevo preso la mano, cercando di confortarla.

Oh, Denise non posso c... credere che tu...

È la verità Hedda! Mica penserai che abbia inventato una cosa così disgustosa proprio su mio fratello!

La povera Hedda si mordicchiava il labbro inferiore, ricacciando indietro le lacrime. Era una donna che parlava sempre piano fra mille esitazioni e tutte le volte che l'avevo udita conversare con Hubert, nel salotto di Hurdle Avenue, la sua voce si sentiva a malapena, sovrastata dal tono possente di Hubert. Di fronte a me c'era una donna dai nervi fragili che come me aveva voluto fare la bibliotecaria nell'erronea convinzione che quel silenzioso regno dei libri fosse l'unico porto sicuro in un mondo crudele e volgare, fatto a misura di *uomo.*

Io e Hedda sedevamo a un tavolino dello spazio di ristorazione. Con le borse a terra. Cominciai a frugare nella sporta rosa mentre Hedda mi fissava. Che stai facendo, Denise? Che cosa...?

Hedda mi guardò impaurita, mentre tiravo fuori dalla sporta una busta di plastica più piccola, che conteneva una scarpetta da bambina di vernice nera, un ridicolo sandalo luccicante d'oro finto con tacco a spillo e "laccio alla caviglia" e una calza nera di seta, una sola, lacera e incartapecorita di sudicio. Questi sono solo alcuni degli articoli del *nascondiglio* di Hubert le dissi.

Hedda si alzò in piedi vacillando. Hedda si allontanò con passo malfermo. Hedda sembrava sul punto di vomitare.

Questo è avvenuto diciannove anni fa. E da allora, per quanto ne so, Hubert non è più "uscito" con nessun'altra povera innocente.

E così, la sera del quarto giorno di processo, quando Hubert chiese con quel suo tono di scherno *Come sta il nostro giurato?* proprio a me che dopo la lunga seduta e con i nervi a fior di pelle correvo in salotto a servire la cena preparata in fretta e furia mentre lui e mamma prendevano posto a tavola – ecco uscirmi dalla bocca Che ne è stato di quella tua fidanzata, Hubert? Quella sempliciotta – la bibliotecaria di scuola... Un diversivo per provocarlo e distogliere la sua attenzione da me. E fu così che, tutto rosso in viso, Hubert disse con voce più ferma possibile: Chi?

Figuriamoci, *chi*? Non riuscii a trattenere una risata.

Continuai a servire la cena con tutta calma. (Vi domanderete come avessi trovato il tempo di preparare la cena dopo esser stata – fino a tardi – in tribunale: polpettone di carne, fatto con i tagli migliori di manzo, preparato in anticipo e messo in congelatore il fine settimana precedente. Succulento polpettone rosolato con copiose spruzzate di ketchup che è una delle mie vecchie ricette preferite e servito con patate fritte. *Ebbene sì sono una gran cuoca!*). Dicendogli Sai esattamente di chi sto parlando, Hubert. Si chiamava Hedda.

Mentre Hubert riprendeva fiato in vista di una delle sue acide repliche veloce si intromise mamma, Allora Denise su Hubert! Ragazzi, è ora di cena. Per favore.

Mamma è anziana eppure: talvolta ha gli occhi così vigili e attenti che quell'inquietante sguardo vacuo scompare come d'incanto. E costernato si volge verso figlio e figlia ormai adulti. In quei momenti mi sentivo vicina a mamma, e mi vergognavo anche un po' dei quarant'anni di battibecchi familiari scoppiati in casa, specialmente all'ora di cena e il più delle volte a questa tavola da pranzo; sotto l'antico e prezioso lampadario in vetro e cristallo, nel quale sono state inserite lampadine abbaglianti, che se di certo ben illuminano le pietanze spazzano via di casa ogni residua aura di eleganza e romanticismo. Implorante mamma disse Denise lo sai questo è un punto dolente per tuo fratello. Le donne sono così volubili certe volte.

Davvero divertente! L'ingenuità di mamma mi fece scoppiare a ridere.

Al pari di Hubert che, riavutosi dallo scatto d'ira, con volto paonazzo e una risata forzata, disse Come se mi interessasse! Non mi ricordo nemmeno il nome.

E io dissi Si chiamava Hedda.

Beh, non mi ricordo. L'ho dimenticato.

"Hedda Denticatt". Te lo ricordi eccome.

Niente affatto. "Hedda Denticatt" è un nome ridicolo che non ho mai sentito prima.

Bugiardo! E scoppiai a ridere, di rabbia. Mamma si coprì le orecchie con le mani, anche se mamma è dura di timpani. Né io né Hubert ci alzammo da tavola, non era così che facevamo quando scoppiavano quegli alterchi sporadici e inattesi. Nessuno di noi voleva saltare la cena. Talvolta non sembra proprio che io abbia quarantasei anni e mio fratello cinquantuno. *Ritorniamo bambini, lui il bullo prepotente e io quella che si deve difendere per non farsi succhiare la linfa vitale.*

Fu nelle ore conclusive del processo che R.S. fece finalmente la sua deposizione.

Salendo al banco dei testimoni, come si dice. Per parlare in modo franco e accorato.

Una testimonianza piena di esitazioni rivolta alla corte e che rievocava gli eventi di quella notte. Era stato svegliato dalla donna e ancora intorpidito dal sonno non aveva avuto altra scelta che difendersi.

E sì, ammetteva di aver assunto dell'alcol – come del resto la donna, quella stessa sera – insieme a un certo farmaco che gli era stato prescritto, il Percodan.

Il suo avvocato lo interrogò per un po' con toni educati e rispettosi. L'elemento conclusivo in questo caso era che le impronte della donna deceduta si trovavano sul coltello insieme a quelle di R.S. Era una prova schiacciante, e a mio avviso c'era ben poco da aggiungere.

In prima fila tra gli astanti sedeva la signora S. con gli occhi bassi e le labbra piegate in una smorfia amara. Ma anche un certo orgoglio materno, nell'udire il figlio rivolgersi infine alla corte, e con tale convinzione. Naturalmente in aula avevamo fatto finta di non conoscerci e avremmo continuato così, fino alla fine del processo. Durante l'interrogatorio condotto dal difensore di R.S. con voce suadente e badando bene a sottolineare come l'uomo in questione non avesse avuto remore a sacrificare la propria vita per il paese e di fatto avesse sacrificato il suo *benessere psico-fisico,* si percepiva che il cuore della corte batteva per l'imputato, ed ero certa che tutti gli altri giurati fossero dello stesso avviso, quand'ecco arrivare la svolta! – la giovane procuratrice scattò in piedi di slancio senza il minimo decoro, e si avvicinò al testimone per interrogarlo con quel suo tono sarcastico. Fu davvero uno shock per molti dei presenti in aula veder messo sotto torchio R.S. – un reduce della guerra del Golfo! – che dopo quaranta minuti di quel trattamento sprofondò in un cupo silenzio, con le labbra distorte. Teneva i pugni sulle ginocchia, stretti e tremanti. Mentre il giudice crudele, senza mostrare la minima comprensione, lo pungolava di continuo con quel suo stridente tono nasale: Per favore, risponda alla domanda, signor S. E un pensiero mi balenò in testa *Le spaccherebbe la faccia a suon di pugni, se potesse. Se solo ne avesse la libertà!*

Profondamente indignata per la tortura inflitta a R.S., tagliai fuori il cicaleccio di quella iena d'una procuratrice per tutto il resto del processo, e non prestai la benché minima attenzione alle sue isteriche conclusioni. Quindi il giudice ci impartì il monito finale, come a dei bambini inaffidabili: Il giudizio dovrà basarsi esclusivamente sulle prove raccolte e il verdetto deve essere unanime. Gongolante pensai *Il mio verdetto l'ho già raggiunto, viene dal più profondo del cuore e non cambierà mai.*

Poi ci fu la prima votazione, a scrutinio segreto.

Undici *colpevole* e uno *non colpevole*.

Dietro le lenti bifocali il primo giurato scrutava quell'unico bigliettino che teneva in mano quasi non sapesse dove metterlo.

Eravamo in fondo al corridoio nella cosiddetta *aula dei giurati* senza finestre e senz'aria. Lì rinchiusi per *deliberare* e *raggiungere un verdetto unanime.*

Erano passate delle ore, fruttuose pensavano quegli stupidi che adesso potevano votare guidati dal loro "capo giurato" nella convinzione di riuscire a prendere una *decisione unanime* da portare al giudice entro le cinque del pomeriggio. Ma così non era scritto. Quando infatti il capo giurato chiese l'alzata di mano, undici giurati alzarono prontamente la mano votando *colpevole* e una sola, il giurato numero dodici, votò *non colpevole*.

Mi fissarono sorpresi. Quello stupido del capo giurato, proprio come Hubert quando è contrariato, mi fulminò con un sorriso morbosamente ipocrita. La signora McZwann mi pare! Avrebbe la cortesia di spiegarci, qual è il suo ragionamento? Se quel prepotente aveva intenzione di stuzzicarmi, non ci sarebbe riuscito; sono troppo furba per farmi stuzzicare da provocazioni di questo tipo. Con la calma e la timidezza che ci si aspetterebbe da una bibliotecaria di mezza età spiegai il convincimento che mi ero fatta, sia sulla base degli indizi portati dall'accusa e vagliati con scrupolo sia sulla base delle testimonianze della difesa; in tutta coscienza, molto semplicemente, non ritenevo che l'accusa avesse provato la *colpevolezza al di là di ogni ragionevole dubbio*.

Molte ore sarebbero trascorse, nel tentativo di farmi "ragionare". Quel pomeriggio e poi la mattina seguente nell'*aula dei giurati* senza finestre e senz'aria al secondo piano del Tribunale Criminale della Contea di Mercer. Non passava minuto senza che Denise McSwann ascoltasse pazientemente le argomentazioni dei colleghi giurati pur restando irremovibile; né si lasciò andare a sorrisi remissivi o dispiaciuti quali gli uomini si aspettano dalle donne in tali circostanze, e continuando soltanto a ripetere *Devo votare in base agli elementi di prova, pregando perché giustizia sia fatta.*

E così rimanemmo in consiglio, per tutto il secondo giorno. Con quello stupIdo capo giurato che insisteva per ripetere la votazione, sia a scrutinio segreto sia ad "alzata di mano"; ma c'era sempre quel *non colpevole* fra gli undici *col-*

pevole. All'inizio la discussione si era svolta in tono composto e per nulla astioso ma gradualmente quanto rapidamente gli animi cominciarono ad accendersi, e l'esasperazione nei miei riguardi cominciò a impadronirsi sia degli uomini che delle donne in giuria, e io dimostrai di comprenderli: Ma potevo solo votare secondo coscienza, come ci aveva raccomandato di fare il giudice. Interpellammo anche l'ufficiale giudiziario per avere le trascrizioni delle diverse testimonianze, tra cui quella di R.S. e quella dell'esperto in medicina legale, il vecchio bacchettone, e passammo inutilmente ore e ore nell'attenta lettura del materiale mentre io sedevo a mani giunte e col polso regolare, nell'occhio immobile del ciclone. Per me infatti l'unico vessillo di verità era il coltello, che *recava le impronte della donna deceduta assieme a quelle dell'imputato*. Su questo punto non ero disposta a transigere, dissi.

E cosa ci vorrebbe per farle cambiare idea signora Mc-Swine, mi chiese il capo giurato, con quell'orribile sorriso tutto denti. Oh! Mi scusi, volevo dire signora Mc*Swann*.* Aveva le gote rosse e grondava sudore dentro la camicia bianca di cotone "taglio classico" perché aveva cominciato a capire che i prepotenti non facevano né caldo né freddo al giurato numero dodici che gli rispondeva senza acrimonia: Non c'è niente che mi farà cambiare idea.

Erano passati tre giorni e tre notti ed eravamo a un *punto morto*, come usano scrivere i giornali. E siccome il giurato numero dodici non votava *colpevole* per l'accusa principale di omicidio volontario, non poteva votare *colpevole* nemme-

* Gioco di parole fra *swine* (maiale) e *swan* (cigno) [*N.d.T.*].

no per le accuse minori poiché queste discendevano dalla prima, e nel frattempo diversi giurati (di sesso femminile) erano scoppiati in lacrime e diversi giurati (di sesso maschile) erano rimasti senza parole in preda al disgusto e alla costernazione, così sul finire del terzo giorno di consiglio un esausto capo giurato fece sapere al giudice che non eravamo in grado di raggiungere un verdetto unanime; e il giudice ci convocò in aula facendoci una bella strigliata di quelle che si fanno ai bambini disubbidienti. Quasi fosse lei la sola in grado di imporci *l'unanimità!* Per un attimo lo sguardo stizzito in cerca del *giurato recalcitrante* si era posato su di me.

Fummo rispediti un'altra volta nella stanza senza finestre e senz'aria. Non ne potevamo più gli uni degli altri! Ma non avrei vacillato. E alla fine, nell'ultimo scrutinio un altro giurato si unì a me, votando *non colpevole*.

Il giudice non ebbe altra scelta che congedare i giurati dichiarando *processo nullo*.

Non la stessa sera ma la successiva andai a Drexell Street.

Parcheggiai la Nissan lungo il marciapiede al numero 1291 e mi diressi verso l'uscio del bungalow e bussai mentre due occhi mi scrutavano da dietro la finestra finché la porta si aprì, era la signora S. che mi fissava con un po' di quell'espressione sollevata e insieme attonita che aveva avuto in aula quando il giudice aveva dichiarato *nullo* il processo. Diceva Tu! Dio ti ha mandato! mentre mi afferrava le mani come volesse baciarle, con gli occhi ebbri di gioia, quasi stesse per abbracciarmi. Sapeva di whisky e quel viso giallognolo era ora rubizzo.

Mi sentivo svenire. Non avrei saputo dire se dalla grande felicità o dalla paura. (Era una sera ventosa e fredda e i fiocchi di nevischio mi pungevano come cristalli di mica il viso accaldato). Mi si era seccata la gola. Dissi: È qui suo figlio?

E la signora S. disse Sì, è qui.

Un po' a disagio ma educatamente si rivolgeva a me chiamandomi *signora*. E diceva quanto fosse grato, perché lo sapeva, che non potevo essere stata che io; gli altri giurati lo avevano guardato come fosse un animale.

Dio mi ha mandato un segno, dissi. Ecco tutto.

Stavamo bevendo. La signora S. aveva portato una bottiglia di whisky con due bicchieri e ci aveva lasciati soli. Da qualche parte nello stesso bungalow c'era un televisore acceso da cui provenivano voci e risate.

Non sono abituata a bere. E tanto meno superalcolici. Ma era un'occasione speciale, sarebbe stato eccessivo da parte mia rifiutare. Dissi Mancavano le prove, davvero. Lei ha servito la patria in guerra, non era giusto che la tradissero.

Disse Che stronzi! Cercano sempre di mettertelo nel culo! Prese un sorso. Pulendosi la bocca col dorso della mano disse: Lei mi ha ridato la vita, signora. Sono in debito.

Feci una risata. Un piacevole calore mi soffuse il volto.

Che momento magico! Non ce n'erano stati tanti in vita mia; e come quello mai.

Quando avevo osato prendere la mano a Hedda al centro commerciale, come una sorella – quello sì. Ma nient'altro da allora, ed erano passati diciannove anni.

Mio fratello, dissi.

Cominciai a tossire. Il whisky m'infiammava la bocca e m'incendiava la gola e mi faceva brillare gli occhi, mi faceva ridere. Ma ero anche piena d'angoscia. All'idea di parlare della nube nera che mi gravava sul capo.

Signora, suo fratello – che cosa?

Mio fratello è una persona cattiva. Una persona crudele che mi ha minacciata.

Pronunciai quelle parole con tale impeto che fui sorpresa di me stessa. Ma anche orgogliosa. Mentre R.S. mi guardava cupo non sapendo bene chi avesse di fronte, suppongo. Il tatuaggio sotto il mento era celato e misterioso come una carezza segreta. Mi racconti di suo fratello, signora, disse.

Una vera donna di Lettere

di Mary Morris

traduzione di Elena Balbo

Una vera donna di Lettere

Durante la primavera del 1979, il mio primo libro, una raccolta di racconti, stava per essere pubblicato. Ero ancora una scrittrice in erba naturalmente, malgrado avessi trascorso dieci anni a combattere con quel libro. Ogni singolo racconto mi aveva fatto penare, ne avevo scritti trentadue e scelti dodici per la mia prima antologia. Poi un giorno, in prossimità della pubblicazione, il mio editor chiamò per leggermi un parere molto lusinghiero. Era la prima volta in assoluto che ricevevo un giudizio letterario ufficiale. Dopodiché mi chiese chi pensavo lo avesse scritto. Supponendo si trattasse di un testo promozionale, dissi: "Sei stato tu". E lui rispose: "No, lo ha scritto Joyce Carol Oates".

Persino una trentina d'anni fa Joyce Carol Oates era una scrittrice che avevo letto e ammiravo. Anzi, per me era già un'icona delle Lettere. Avevo letto i suoi primi romanzi e racconti, compreso *them*, che aveva vinto il National Book Award. Ero sbalordita che un'autrice di quel calibro mostrasse interesse per il mio lavoro, ma presto avrei imparato che faceva parte della generosità da lei riservata agli scrittori emergenti. Lettrice vorace, istancabile scrittrice, Joyce Carol Oates era l'immagine, allora come oggi, della vera donna di lettere.

Altre cose stavano per accadere nella mia vita. Vinsi il Rome Prize, e appresi che la signora Oates faceva parte della commissione giudicante. Ottenni un incarico a Princeton dove lei insegnava scrittura creativa. Nel corso degli anni l'ho sempre sentita vicina, e continuo a ritenermi fortunata per questo, ma ciò che più intensamente ho avvertito è stata la sua presenza come scrittrice e mentore attraverso l'esempio da lei rappresentato in tutto il mondo, e indubbiamente nella mia vita di scrittrice.

Da un lato c'è, naturalmente, la grandezza pura e semplice dei suoi racconti e della sua prosa, l'abilità che possiede, a mio giudizio, di penetrare quasi ogni personaggio e situazione, tutte cose che sono sotto gli occhi di tutti. Ma ammiro anche da sempre la sua capacità di andare avanti, di non fermarsi. Non indugia troppo a lungo su una storia o un romanzo, o almeno non credo che lo faccia. Li lascia andare. O forse è più esatto dire che procede. Ci sono momenti, quando lavoro a un romanzo o a un racconto, in cui dico a me stessa: "Joyce lo avrebbe già licenziato". O magari sono bloccata, e penso a tanto tempo fa, a come Joyce sapeva estrarre il meglio da un aneddoto.

Mi viene in mente un episodio. Eravamo a Princeton, pranzavamo con un collega che ci stava raccontando una storia molto complicata e avvincente. Joyce e io eravamo completamente rapite e, a quanto pare, tutte e due ci mettemmo a scriverla appena tornate a casa. Non fui sorpresa di veder pubblicata la sua mesi dopo – a differenza della mia che, malgrado le migliori intenzioni, giace ancora in un cassetto.

Credo che nelle sue storie ciò che mi ha sempre attirato sia questa sua prosa trepidante, questa voce che chiede di essere ascoltata. Si sente che è profondamente convinta della storia che sta narrando e che ci mette tutta se stessa. Credo alle storie che scrive, ma forse la cosa più importante è che credo che lei ci crede. Sì, Joyce Carol Oates ha scritto molto, e i suoi detrattori potrebbero dire che ha scritto troppo. Nonostante la recente scomparsa dell'uomo con cui è stata sposata per quarantotto anni, continua a descrivere e sviscerare e scandagliare le complessità della psiche umana. A trovare quel filo che riconduce al sé. La sua è una ricerca incessante, ma sta di fatto che la sua vena non si è esaurita. Altri scrittori ucciderebbero per ricevere questo genere di elogi. Joyce Carol Oates affronta lei stessa la questione nei diari pubblicati recentemente e dice: "Può darsi che ognuno di noi debba scrivere molti libri per realizzarne pochi destinati a durare nel tempo".

Joyce Carol Oates ha scritto quattro o cinque libri che considero dei classici della letteratura americana, e altri che hanno sicuramente cambiato la mia vita. *Because It Is Bitter, and Because It Is My Heart* è uno dei più importanti romanzi sul tema della razza e sul raggiungimento dell'età adulta and *You Must Remember This* è un tour de force d'incesto, passione e famiglia. *Blonde,* tributo a Marilyn Monroe, è un capolavoro.

Forse è perché sono io stessa una scrittrice che comprendo il bisogno di scrivere tanto, persino quello compulsivo di riuscire a farsi comprendere attraverso le parole, e di usare la parola per articolare la confusione dell'esperienza umana. Mi pare sia stato Moravia a dire che la vita è caos. Solo la letteratura sa trovare un senso. Joyce Carol Oates è una scrittrice che continua a cercare e a trovare un senso per noi. Ha quel che Nabokov chiamava "la bacchetta dell'incantatore" (come ha osservato Michael Dirda di recente, in un articolo apparso su The New York Review of Books). Tutto ciò che viene toccato dalla sua prosa diventa reale o subisce una trasformazione e noi pure, suoi lettori, subiamo una trasformazione, e forse diventiamo tanto più reali, grazie a essa.

Una conversazione con Joyce Carol Oates
di Mary Morris

traduzione di Elena Balbo

UNA CONVERSAZIONE CON JOYCE CAROL OATES

Il romanziere inglese John Berger una volta ha detto che lo scrittore attinge materiale da tre fonti: esperienza, testimonianza diretta e immaginazione. Sei d'accordo e se sì in che misura agiscono per te le tre variabili? Hanno lo stesso peso? O interviene qualche altro elemento? Ho sempre pensato alla tua scrittura un po' come a una rappresentazione, un addensamento di esperienza, una salsa ben ristretta.

Penso alla scrittura – e in special modo ai romanzi d'una certa estensione – come a quei fiumi entro i quali si riversano un gran numero di affluenti, indistinguibili l'uno dall'altro. Persino in un singolo racconto vanno a finire così tante cose – uno stato d'animo, un ricordo, una parola udita per caso o un gesto captato, un'emozione forte, una "storia" vera presa dalla vita di qualcuno... Per quanto mi riguarda il punto di partenza è semplicemente il materiale grezzo; la vera sfida o prova sta nell'acquisire il linguaggio appropriato per raccontare. Quello è il difficile.

Ho spesso sperimentato come una storia possa "toccarti in sorte", nel senso che non si ha altra scelta se non scriverla. In quei momenti vengo totalmente risucchiata. Hai mai una sensazione simile quando inizi un romanzo o un racconto?

Di frequente ho avuto questi "accessi creativi", queste "visioni estetiche" che sembrano avviluppare la mente, in un lampo. C'è l'eccitazione viscerale per una scena drammatica – il culmine di un evento drammatico – come un pulsare o palpitare d'intensità – però è un qualcosa di puramente speculativo e, per capire, può volerci un impegno di mesi, anni. Senza questi lampi d'intuizione, non penso che si potrebbe riuscire a scrivere – almeno, non romanzi lunghi – ma questi lampi sono effimeri, e gran parte del lavoro del romanziere è analogo a quello del camionista di lunghe tratte: ogni mattina salti nell'abitacolo di questo veicolo gigantesco, e parti, e vedi fin dove riesci ad arrivare prima di fermarti completamente esausto...

Molti dei tuoi romanzi, fra cui i miei preferiti, sono ambientati nella parte settentrionale dello stato di New York, nello scialbo mondo dell'Upstate. È da lì che vieni. Port Orsinsky. Mi riferisco ad esempio a La figlia dello straniero, *che hai detto essere autobiografico. Quanto è importante il senso di un luogo, e di questo luogo in particolare, per la tua scrittura? E come entra in azione l'elemento autobiografico nel romanzo?*

Non penso che potrei scrivere – o addirittura che saprei scrivere – senza un senso così vivido, viscerale, visivo di un luogo (giorni fa a Sanibel Island, dove ho fatto una lettura, una donna diceva di aver notato la quantità di odori presenti nei miei romanzi... cosa di cui non ero particolarmente consapevole). Quel che mi esalta è la celebrazione-evocazione o rievocazione di un luogo, attraverso il linguaggio. Significa farne nuovamente esperienza, questa volta in maniera molto più intensa rispetto a quando lo si è sperimentato soltanto come paesaggio. Nel romanzo di cui parli l'aspetto autobiografico è decisamente più indiretto, non essendoci un personaggio preciso che mi corrisponde; nella parte finale, ho evocato una professoressa, ma la sua voce è ben più ruvida della mia, poiché la sua vita è assai più difficile e la sua visione del mondo assai più cinica. In questo caso gran parte dell'autobiografismo è nell'evocazione del paesaggio e di emozioni del passato.

Devo dire che spesso anch'io sono rimasta colpita dagli odori nella tua scrittura. Per meglio dire, mi hai resa più attenta a quelli presenti nella mia vita e nella mia stessa prosa. Per fare un esempio, ora che è primavera faccio particolarmente caso agli odori che aleggiano nell'aria a New York. Ma tornando alla domanda sul senso di un luogo... È come se a volte in quel che scrivi ci fosse una sorta di nostalgia per ciò che è stato. Un senso proustiano di desiderio del tempo perduto. Per quanto ne so, a volte mi succede di voler scrivere dell'Illinois a causa di ciò che in me evoca lo scriverne.

Gli odori sono molto vividi per me, forse perché vengo dalla campagna. Certi gradi di umidità, di bagnato (foglie bagnate, fango bagnato, erba bagnata), oppure l'odore di un minerale, gli odori della neve, il legno vecchio, marcescente, gli odori delle stalle, gli odori degli animali (il mio retroterra agricolo in generale), ebbene sì, tutto questo è certamente molto evocativo per me, è lo "scenario" di un dramma umano dalla natura misteriosa.

So che Mistrial *è un racconto nato mentre eri in servizio di giuria. Mi racconti come si è sviluppato l'intreccio? Ti è venuto in mente subito oppure dopo lunghe giornate passate fra udienze e attese? L'hai scritto di getto? In generale mi piacerebbe sa-*

perne di più sul posto da cui provengono le tue storie. Puoi spiegare, magari partendo proprio da Mistrial, *come una storia germoglia nella tua mente?*

Mistrial è stato ispirato dallo strano pathos che sprigiona dal tribunale della contea di Mercer e dintorni, come pure dalla sobria città di Trenton, non così diversa da Detroit. Stavo per entrare a far parte della giuria di un processo – anzi, avevo già passato la selezione – ma non potei accettare per una sovrapposizione di impegni. L'imputato era uno spacciatore e quello del racconto lo ricorda. Fu allora che mi accorsi di come una donna sola potesse vagheggiare una relazione amorosa con colui che era chiamata a giudicare, violando così l'"obiettività" del suo ruolo; e di come addirittura potesse sfruttare questo potere per entrare nelle vite dell'accusato e dei suoi congiunti. Vite di questo tipo esercitano su di me una grande suggestione romanzesca, difficile da spiegare; penso che in fondo mi ricordino le esistenze di persone che mi sono lasciata alle spalle, chilometri e decenni addietro nell'Upstate.

Chi di noi nel suo passato non ha incontrato persone come Denise McSwann? Persone che vivevono ai margini, con esistenze che sono evidentemente su un binario morto e che di conseguenza non vanno da nessuna parte. Non so se anche tu hai avuto questo tipo di sensazione, ma a volte, quando penso alla cittadina dell'Illinois dove sono cresciuta, mi sento come una che è riuscita a fuggire. Ma poi rimpiango ciò da cui sono fuggita. Ancora una volta leggo nella tua risposta un sentimento di nostalgia per quel che è stato. Come sai, la tua scrittura ha sempre avuto un impatto speciale sulla mia vita, sei stata un mentore per me –

nel caso non te l'abbia mai detto. E penso che in parte ciò che suscita la mia ammirazione sia quell'abilità di trasportare, di viaggiare attraverso il tempo e lo spazio per arrivare ad altri momenti che forse tutti noi ci siamo lasciati alle spalle. Ti riconosci in questa descrizione di viaggiatrice nel tempo?

Sì, in un certo senso: una viaggiatrice nel tempo (*The Time Traveler* è in effetti il titolo di una mia silloge, pubblicata nel 1983. Ed è esattamente il libro da cui spesso leggo durante i reading, un'alternanza di prosa e poesia. Roba molto "nostalgica", sebbene anche corrosiva, per certi versi). Gran parte della letteratura memorialistica ha in sé una certa instabilità temporale – una sorta di magia psicologica. A differenza della vita vera, che avanza in maniera cronologica, il tempo dell'immaginazione si sposta a salti, forma pieghe, rimbalza su se stesso, divaga e spesso ci sorprende...

A tratti hai preso le mosse dall'attualità, dalle pagine dei giornali. A tal proposito, di recente hai ricevuto delle critiche per un racconto pubblicato sul New Yorker che si riferiva in modo esplicito alla morte tragica e raccapricciante di uno studente del college. So che ti sei scusata pubblicamente con la famiglia del ragazzo. Cos'è che ti ha attratto in questa storia? Ritieni che avresti dovuto lasciare maggiore spazio all'immaginazione?

Ho fatto pubblicamente le mie scuse perché non ritenevo che la questione fosse poi così importante. Sappiamo bene che gli scrittori e gli artisti ricorrono al mondo esterno in continuazione – altrimenti, che tipo di arte potremmo creare? – ma si era creata tensione a livello locale, ho ricevuto e-mail minacciose e non era il caso di prendere pubblicamente una posizione netta. Quando il racconto sarà ristampato, ci saranno dei cambiamenti minimi e a nessuno salterà all'occhio, o importerà. È stato un fuoco di paglia di una settimana o poco più, esasperato fino alla lacrima da tabloid dal Trenton Times, come ha ammesso il (vagamente imbarazzato) cronista locale. Tutto pur di vendere giornali nella cittadina economicamente depressa di Trenton... (il racconto verrà ristampato nell'antologia *Best Fantasy and Horror 2008* che mi sembra una sede appropriata).

Ci sono momenti in cui ho come la sensazione che tu rivolga verso la realtà uno specchio di quelli da trucco; che tu conduca noi lettori al di là della pelle e dei pori, dentro i più profondi recessi del cuore umano. In tal modo riusciamo a vedere quanto ognuno di noi sia mosso dalle passioni, e vulnerabile, grottesco. In particolare mi viene in mente quel sontuoso romanzo che è Blonde. *Come fai ad arrivare così in fondo? Come riesci a mettere così tanto sulla pagina?*

Queste sono domande difficili a cui rispondere... Passo buona parte del tempo a riflettere, fantasticare, meditare sul materiale al quale sto lavorando. Come ho detto, mi sforzo di acquisire una voce adeguata al personaggio e all'argomento e, finché non ho trovato questa voce, proprio non riesco a scrivere. Quando *Blonde* è stato scritto la salute di mio padre andava peggiorando. Spesso parlavamo al telefono. Era – ed è – il mio viaggio personale nella morte – poiché la protagonista racconta la sua storia postuma come attraverso una voce fuori campo, mentre ci scorre davanti una specie di film surreale. Durante quei mesi mi sono molto avvicinata a mio padre, nonostante ci fossero sempre diverse cose di lui che per me rimanevano misteriose. Sul piano emotivo ero più vicina a mia madre (su di lei è ricalcata la

Gwen de *La madre che mi manca*), ma mio padre era il più complesso fra i due, quello dal temperamento umorale e artistico – ha suonato il violino da ragazzo, il piano e l'organo per la maggior parte della sua vita adulta, dipingeva (anche il mio ritratto) con zelo ed entusiasmo amatoriale. Cominciai ad avvertire un'istintintiva affinità con Marilyn Monroe, che faceva sempre del suo meglio e quasi sempre era sottovalutata, trattata con condiscendenza dall'ambiente hollywoodiano. Forse non sai che nella mia raccolta *Tu non mi conosci* c'è un brano che faceva parte di *Blonde* intitolato "Tre ragazze"; il manoscritto era di millequattrocento pagine e ho dovuto tagliare alcuni capitoli.

Foxfire *in un certo senso è una storia su come si raccontano le storie. È un tema che ti sta a cuore?*

Sì, *Foxfire* parla di adolescenza, una fase in cui maturano le fantasie e le passioni. È un omaggio al mio retroterra di Lockport – un sentimento, un'impressione più che qualcosa o qualcuno di realmente esistente; quel genere di anelito romantico che conserviamo nei riguardi del nostro passato perso di vista, nello specifico le compagne di quando ero alle superiori, alcune delle quali conoscevo bene, altre sommariamente.

Puoi parlarci un po' del tuo metodo di scrittura? Ad esempio ne La figlia dello straniero *c'è un flashback lungo trecento pagine sulla storia familiare di Rebecca. Sapevi già che sarebbe stata questa la struttura del romanzo?*

Di solito costruisco con grande attenzione l'impalcatura di un romanzo, e con molto anticipo rispetto alla narrazione vera e propria. Eppure nel caso de *La figlia dello straniero* mi sono accostata alla conclusione in maniera più intuitiva; un giorno, ho capito che il finale sarebbe stato uno scambio di lettere, e l'ho scritto come fosse una storia autonoma (peraltro una delle mie preferite tra quelle che ho scritto).

Ma dimmi di quel flashback di trecento pagine. L'ho trovato incredibile. D'un tratto hai messo da parte la storia principale. È stata una scelta consapevole o è semplicemente capitato scrivendo?

Non lo avevo concepito come "flashback": chiaramente *La figlia dello straniero* esisteva nella mia immaginazione come una storia lineare. Decisi di cominciare con Rebecca che se ne torna a casa dal lavoro lungo il canale, perché è un giorno cruciale della sua vita – il giorno in cui incontra il misterioso Byron Hendricks che sembra parlare al suo sé più nascosto, più segreto, una parte sconosciuta persino a lei stessa. Il prologo ha luogo nella stessa giornata, alla fabbrica (fra l'altro, proprio in una fabbrica come quella lavorava mia nonna da giovane quando il marito la lasciò sola con un bambino piccolo, mio padre...). Concepisco sempre i miei romanzi come narrazioni lineari, ma solitamente c'è un modo per avviarle, o un accesso alla storia, capace di maggiore forza drammatica rispetto a un incipit cronologico.

Descrivici la tua giornata ideale. Riesci a scrivere ovunque? In qualunque circostanza? In servizio di giuria, ad esempio. O hai bisogno di un atmosfera particolare? Devi essere necessariamente a casa? Riesci a scrivere in taxi?

L'ideale è lavorare per tutta la mattina, con una pausa verso l'una per poi ricominciare nel tardo pomeriggio, a volte continuando fin sul far della sera (da quando Ray è mancato, la mia routine è del tutto sconvolta. Non riesco a scrivere se non in sessioni febbrili e spossanti in cui non faccio che prendere appunti). Di fatto riesco a prendere appunti e ad abbozzare qualcosa di scritto dappertutto, ad esempio sull'aereo, visto che comunque scrivo sempre con la penna. Il servizio di giuria fu noiosissimo, e a quanto mi ricordo passai tutto il tempo seduta a leggere con le membra intorpidite, o a fare aerobica in fondo a un corridoio (dove c'era anche un'altra signora che faceva yoga o qualcosa del genere).

I temi e i tuoi scrupoli narrativi sono cambiati man mano che sei maturata e cresciuta come scrittrice?

Spetterebbe probabilmente ad altri dirlo, non a me. Sono abbastanza certa del fatto che rispetto alle mie opere giovanili confido maggiormente sulla voce narrante. Detto questo, spetterebbe probabilmente ad altri dirlo, non a me.

Date le condizioni del panorama letterario attuale, pensi sia più difficile cominciare per un giovane scrittore? Che consigli daresti?

È una domanda che pone molte questioni e davvero non saprei come rispondere. Credo sia sempre molto difficile per gli autori di letteratura; persino Eudora Welty fu incoraggiata a scrivere un romanzo, prima che il suo editore pubblicasse una raccolta di racconti (anche se, evidentemente, l'editore deve aver ceduto). Presumo che per alcuni scrittori, americani di minoranze etniche, gay, sia un po' più facile essere pubblicati, dal momento che le loro opere hanno un mercato maggiormente caratterizzato in confronto a quello che esisteva nei decenni scorsi quando il modello era lo scrittore maschio eterosessuale caucasico.

So che l'insegnamento è stato e rimane una parte importante della tua vita professionale. Altrimenti avresti già potuto smettere. È possibile che tu tragga dagli studenti un qualcosa che alimenta la tua stessa creatività? Perché continui a insegnare?

Mi è sempre piaciuto insegnare – sarà per la presenza di colleghi scrittori, o di versioni più giovani di me stessa, forse. Al momento sono un po' preoccupata perché il livello delle mie energie sembra si stia abbassando sempre più... perché insegnare richiede molto entusiasmo e dinamismo.

Di recente hai pubblicato i tuoi diari. Mi pare di aver letto proprio lì che il diario è un cimento di consapevolezza. Puoi parlarci del ruolo che hanno nel tuo processo creativo e anche della decisione di pubblicarli?

Tutti dovrebbero tenere una sorta di diario. È essenziale per chiarire i propri pensieri, per scegliere e analizzare quei problemi della propria vita che altrimenti andrebbero smarriti nella continuità del flusso di coscienza... Naturalmente quando ho iniziato a tenere un diario non prevedevo che avrei proseguito per così tanti anni. Cominciò come un esercizio per combattere la nostalgia che avevo degli Stati Uniti, mentre vivevamo a Londra durante un anno sabbatico; ma i diari pubblicati risalgono a un'epoca successiva, e mettono a fuoco una routine quotidiana grosso modo comune, così come la vivevo. Adesso sto sperimentando una nuova modalità di "diarizzare" i messaggi inviati ad amici per e-mail – mi riferisco a una rosa di amici scelti; ho scoperto che ho molto da dire, di specifico, a una persona; qualcosa di molto diverso, a un'altra persona; e ancora qualcos'altro, che può rivelarsi sorprendente e inatteso per me stessa, a un'altra ancora. Invece della singola voce del diario, ho a disposizione più voci che sono modulazioni della medesima. Il vecchio sistema ora mi appare alquanto formale e artificioso, nonostante mi ritrovi ancora a scrivere in quel modo, alcune volte. Il valore di un diario tenuto quotidianamente sta nel fatto che le situazioni oggettive dell'esistenza – più o meno importanti, significative o irrilevanti – riescono a conservarsi in una forma discretamente elegante e spontanea. Non prevedo di pubblicare altri diari, forse non accadrà mai. L'ampio volume che è uscito, abilmente editato da Dan Halpern di Ecco Press, potrebbe bastare.

Ma non ti sei completamente informatizzata, vero? Dimmi che tieni ancora un diario...
Sì, certamente, anche se non in maniera metodica. Come te, mentre sono in viaggio scrivo sempre – sono fogli volanti, il più delle volte. Mi piace molto l'intimità della forma diaristica, la calma e lo stile discorsivo che la stessa autorizza; la sensazione che non sto esattamente parlando a me stessa, ma seguendo le indicazioni di un io appena superiore... al quale dovrei obbedire sempre.

Goethe ha scritto che tutti gli scrittori hanno nostalgia di casa. Tutti desideriamo ritrovarne una. Nei diari anche tu parli di questo sentimento. È dunque un qualcosa che ti appartiene?

La nostalgia è un motivo evidente in gran parte della scrittura che rievoca il passato – si scrive per conservare memoria della casa che abbiamo lasciato, del paesaggio e di uno scenario cittadino; molta della letteratura irlandese si fonda su questo sentimento, che in certi casi può sfumare – comprensibilmente – nel sentimentalismo; è qualcosa di genuino, in grado di evocare un'emozione autentica. Faccio fatica a leggere tutto ciò che non è fortemente radicato in un luogo, in un tempo o in una sensibilità specifica – ecco perché molta della narrativa sperimentale più leggera, più ironica e in un certo senso "di intrattenimento" mi interessa poco. Qualche giorno fa insieme all'amico scrittore Richard Ford dicevamo che, con nostra sorpresa, o forse no, ciò che apprezziamo di più nella narrativa è qualcosa di molto vicino alla "sincerità" – che peraltro è stato il criterio da me recentemente privilegiato nel valutare gli scritti di un concorso. È questa una delle ragioni per cui una *memoir* relativamente ordinaria può conquistare un'enorme popolarità mentre un'opera di narrativa che ha ambizioni artistiche finisce per non essere letta. Leggendo si deve sentire, a torto o a ragione, che la sincerità ha un peso. Mi viene in mente quel che osservava Borges: leggere dovrebbe essere uno stato di felicità.

Sono d'accordo con te sulla narrativa sperimentale intelligente o "d'intrattenimento". A me piace ancora leggere una buona storia, che sia raccontata bene. Mi piace entrare in un mondo e restarci fino alla fine. Ultimamente ho ripreso a leggere Willa Cather e Flaubert unicamente per questa ragione. Penso che la sincerità di uno scrittore sia costituita in parte dalla chiarezza dei periodi e dall'immediatezza della narrazione. Ma non stiamo dicendo di preferire una semplice memoir *a una che abbia ambizioni artistiche, giusto? Mi sembra che quel che tu e Richard Ford invocate sia un'assenza di pretenziosità, uno scrittore onesto, dal punto di vista della storia e del linguaggio.*

No, non intendo dire che preferirei una *memoir* priva di ambizioni letterarie a un romanzo che invece le abbia, dico solo che la popolarità del genere è comprensibile, per coloro che ritengono la "sincerità" un'urgenza e l'estetica irrilevante. Le persone si avvicinano alla lettura per capire il mondo, e in particolare per capire come vivere le loro vite; gran parte della gente non legge per contemplare bei periodi, strutture letterarie ingegnose, "simboliche". Per alcuni dell'ambiente sarà spiacevole, ma è la verità. Un'opera di narrativa che riesca a conciliare diversi elementi – l'ambizione letteraria ma anche la passione, l'emozione e la dimensione spirituale – è questo il nostro obiettivo più grande, come lettori e come scrittori.

Al di là della tua attività nell'ambito della letteratura cosiddetta seria, hai sperimentato molti generi: fantasy, horror, mistery. Una caratteristica della tua opera sulla quale spesso molti critici si soffermano è la violenza. E in Mistrial *c'è senz'altro un indizio, e una promessa, di violenza. Personalmente mi meraviglio sempre di quanto riesci a spingere lontano la tua immaginazione. In* Blonde, *ad esempio, ci sono alcuni momenti in cui Marilyn viene sodomizzata che mi lasciano allibita.*

Credo che la domanda sia, banalmente, come ci riesci?

Temo di non riuscire a rispondere a questo genere di domanda. Sono una scrittrice e scrivo. Fantastico molto, rifletto, scrivo e riscrivo, e infine scrivo. Il segreto è tutto lì!

D'accordo, però resta il fatto che con l'immaginazione riesci a penetrare dove molti non riescono. Nei recessi più oscuri, più profondi, più estremi. Voglio dire: sono consapevole che per me non è possibile arrivarci. Ma consentimi di riformulare la domanda. La violenza, e in particolare la violenza sulle donne, è una parte importante del messaggio che vuoi dare con la tua scrittura – se mai ritieni di voler dare un messaggio?

Non credo ci sia un "messaggio" nella mia scrittura: soltanto indovinare quale potrebbe essere mi mette a disagio. In generale le mie impressioni sulla scrittura sono le medesime di George Eliot, di D.H. Lawrence: la letteratura dovrebbe suscitare "empatia", abbattere le barriere fra le persone, far sì che ci si possa identificare con individui apparentemente dissimili da noi. Per alcuni scrittori, "rendere testimonianza" è un'urgenza imperativa: dobbiamo "rendere testimonianza" al posto di coloro che non possono farlo personalmente, perché gli è stato impedito, o perché hanno cessato di esistere (per far parlare una giovane vittima "senza voce" ho scritto il racconto lungo *Acqua nera*, e l'ho scritto sotto forma di ballata, come una sorta di salmo in crescendo. Nelle antiche ballate inglesi e scozzesi compaiono molte vicende di giovani donne stuprate e uccise, il cui spirito ritorna per "raccontarne la storia" attraverso una specie di canto spettrale – e io puntavo a qualcosa del genere, in termini molto contemporanei. Scovare l'archetipo che si cela dietro i titoli dei giornali e lo scandalo della stagione è un'eccitante avventura letteraria). Più di tutto mi affascina la personalità umana con le sue incredibili trasformazioni, e tendenzialmente rimango incantata da come una storia – una "trama" – riesca a entrare nelle vite delle persone e, al pari del gigantesco serpente marino che avvinghiò nelle sue spire Laocoonte e i suoi figli, a trasformarle e trasformarci completamente. *La figlia dello straniero*, che è inventato ma anche ispirato alla vita della madre di mio padre, è un romanzo di questo tipo: la vita di mia nonna fu totalmente trasformata dalle azioni di suo padre, interamente oltre il suo controllo, e molta parte dell'esistenza di mio padre e della mia sono state il risultato di tutto questo: del fatto che non venne uccisa per mano di suo padre, com'era inizialmente nelle intenzioni di lui, e che le sia stato consentito di vivere, e di finire il resto dei suoi giorni... La sua vita, escluso quel giorno terribile, fu un dono, e di conseguenza anche quella di mio padre, e la mia, sono state un "dono" – è mancato pochissimo che non esistessimo mai! Per qualche ragione il mio bisnonno, uomo ovviamente squilibrato e funesto, decise all'ultimo istante di non sopprimere mia nonna con un colpo di schioppo, lassù da qualche parte dell'Upstate, decenni addietro nella contea di Niagara. Non passa giorno senza che pensi a quella miracolosa trasformazione...

C'è una particolarità che mi è sempre piaciuta in Foxfire. *Maddy si avvicina alla macchina da scrivere cui mancano alcuni tasti, e le lettere corrispondenti formano la parola* OATES. *A lungo ho creduto si trattasse di un modo per apporre il tuo sigillo sul libro e che magari tu avessi sentito il bisogno, per qualche ragione, di contrassegnare questo libro più di altri. Mi sbaglio? È possibile che sia un tuo modo per significare che questa è una storia che ti riguarda da vicino?*

Molto acuta ad averlo notato! Sì, mi sento assai vicina a Maddy – come pure a Legs. Queste sono le mie ragazze "del cuore", come si dice. È tutto molto evocativo di un'epoca lontana nell'Upstate (sapevi che Angelina Jolie ha debuttato nel film omonimo? Era fantastica nel ruolo di Legs – sebbene di una bellezza troppo elegante per risultare credibile. Tutte le ragazze erano brave. Ma fu un film a bassissimo budget e l'atmosfera un po' ne ha risentito; non c'era nemmeno l'automobile speciale delle ragazze, un vero peccato).

Sono stata felicissima quando l'ho notato. È stato come scoprire la firma di un pittore su un quadro.

Ti ringrazio.

È noto che Flaubert, fra gli altri, si sia pronunciato a favore dell'esistenza borghese come una condizione propizia per far scatenare l'immaginazione. La stabilità ti è utile per poter liberare la fantasia? Considerato quel che hai vissuto di recente, con la perdita di Ray, non voglio insistere su questa domanda, rispondimi pure come desideri.

Sì, la stabilità è probabilmente l'elemento essenziale nella vita di uno scrittore. Forse nella vita di tutti. L'instabilità familiare, le emozioni, una cattiva salute: tutto questo interferisce con i periodi di calma, tranquillità, intimità che ci sono necessari per trovare la concentrazione. Ammiro molto altre amiche scrittrici che sono riuscite ad avere figli, a tenere unite le loro famiglie e al contempo a scrivere e spesso a insegnare; come sappiamo, per gli uomini è tutta un'altra cosa. La tua vita, a differenza della mia, è stata avventurosa – i tuoi scritti di viaggio sono notevoli e mi colpisce il fervore con cui ti spingi in situazioni pericolose. Non sono mai stata un granché come viaggiatrice – in parte ciò è dovuto alla violenta insonnia che mi attende quando mi avventuro troppo oltre il territorio familiare; perciò stando a casa, come spesso ho fatto, ho avuto l'opportunità di vivere in maniera relativamente tranquilla e di scrivere per molte ore di seguito durante la giornata. Questo è il motivo per cui ho scritto tanti libri, non c'è dubbio, mentre altri hanno vissuto tante avventure!

Mistrial

In English

Years awaiting a sign, now God sent a sign.

Jury duty! The summons came in the mail.

Amid the usual pile of bills, flyers and hobby-catalogues for my brother Hubert McSwann was the letter from the Mercer County Courthouse stamped DENISE MCSWANN. With a shiver of dread and excitement I picked up the envelope for it was rare that any actual mail came for DENISE MCSWANN, 73 Hurdle Avenue, Trenton, N.J. On her aluminum walker my elderly mother clattered into the room muttering Denise? Is that the mail? Is there anything for me? and quickly I hid the letter saying No Mummy. Just for me.

In the courtroom, at one of the tables at the front of the room he was seated.

From a distance I saw him, yet clearly. A sensation of such weakness flooded my veins I thought I might faint. Which is not like me for I am scarcely a weak-minded woman. I am a former librarian and skilled in dealing with the public yet at the sight of this person designated as *the defendant* I felt as if a tightness had been released from my heart—or a darkness, inside my skull—and I stopped short, and stared.

Ma'am? Something wrong? one of the sheriff's deputies inquired of me and quickly I said No! Not a thing is wrong officer, thank you.

Dared not look at him further. Dared not reveal my emotion.

Blindly took a seat. Oh!—my heart pounded like a trapped sparrow fluttering its wings.

He was accused of such cruel behavior, I knew it could not be true. I knew it had to be rumors and false witnesses borne against him. There was such an appeal in his eyes in that first instant—*There passed between us an understanding!*—unlike anything I had experienced in my life until then.

Though certainly I'd been vexed and anxious at being summoned to downtown Trenton, it seemed to me now that there was a purpose to it, God was leading me to see.

Please don't smile: I am not a weak-minded religious woman not at all. This was utterly unknown on my life, such a conviction. How I saw that in this ridiculous courtroom he alone was designated as *the defendant*; and the staring eyes of all others latched onto him as a *criminal* who would be made to *stand trial;* but such paltry evidence as would be brought against him would not convince me, I knew from the start.

Scorn filled my heart like the sweetest balm. *You will n-ever convince me!*

I think I will not disclose his full name. His initials only: *R.S.*

You will wonder how with such certainty I knew, that R.S. was innocent of the crimes for which he was charged, and the answer is I have always been one to trust intuition and instinct and have rarely been mistaken in my judgments. In my career as a librarian in constant confrontation with the public soon I had come to rely upon this *inner light* which has never failed me.

Nor was I a stranger to the process of *jury selection.* DENISE MCSWANN had been summoned to the Mercer County Courthouse several times in the course of twenty-five years and each time summarily dismissed as a juror in the *voy deer* when questioned by the presiding judge. This time, I vowed it would be otherwise.

It was the judge's task to chose a jury of fourteen persons—twelve "active" jurors, two "alternates"—how badly I wished, and inwardly prayed to God, that DENISE MC-SWANN would be called.

Very straight, I sat in the hardwood seat of the bench amid fellow jurors. I am forty-six years old and a woman of a very good Trenton family and yes, I am a virgin; and do not regret the inviolable integrity of my body.

During the tedious procedure of *voy deer* covertly I watched *the defendant.* A man in his mid-thirties he appeared, seated with dignity at the defense table beside his attorney, from time to time restively shifting his shoulders that were broad and muscular inside a tight-fitting dark suit coat; unable to resist turning to glance over his shoulder at the rows of jurors, with a look that tore at my heart . . . His hair was trimmed short for this occasion, stiff-tufted and tar-colored and his eyes *haunted eyes* so very dark, the irises must have been black.

Like a captive creature, the *defendant R.S.* You felt pity for him, yet a shiver of dread that, if he were freed, he might be dangerous.

Of the charges the judge had listed it was *voluntary manslaughter* that was the most severe. Of course the defense was contending *self defense* yet you could see how unwise it would be to provoke such a man: the unfettered male animal. For here was no sniveling hypochondriac bully like my brother Hubert whose food must be prepared just so—his white cotton "dress" shirts ironed just so—his every wish and whim catered-to by his doting mother and his indentured-servant sister but an *alpha male* to whom the morality of the commonplace does not apply.

On the wrist of R.S.'s right arm, a tattoo of some kind. And on the underside of his heavy chin and jaws, a delicate tracery of scar tissue, or another tattoo, I could not see clearly from my position in the courtroom.

A blush rose into my face; by chance R.S. had caught me watching him! The beautiful *haunted eyes* narrowed in surprise and something like animal alertness. Daringly I smiled—a twitch of the lips—quickly lowering my gaze—for the prissy judge might be observing—a moment glanced back, my heart hammering beneath my breastbone and with all my power willing the man to *know I! I am your friend! Trust me, in all of this courtroom of strangers it is I who have been sent to aid you.*

And so it seems to me: all things are from God. As God is the arbiter of chance, fate, destiny. And so it must be, God has arranged for this, that is seemingly pure chance: that Denise McSwann had been summoned to *jury duty* on this day of all days, when the trial brought against R.S. by the State of New Jersey was scheduled to begin.

There can be no coincidences. Mere chance is but a form of destiny.

Have I mentioned, the judge in this case was female? Earnest and plain-featured and of about my age if not older in her silly black judge's robe like a Hallowe'en custom rousing some envy in me, it is true, but primarily scorn *Who does she think she is just a homely woman in disguise.* As if addressing a roomful of slow-witted individuals repeating her statements to an exasperating degree but DENISE MC-SWANN in the second row most cannily did not reveal anything of the impatience she felt.

Tediously we were warned, and again warned: not to communicate with any officers of this court nor with the defendant for the duration of the trial. Not to exchange greetings in the courtroom corridors with any of these individuals and not to seek knowledge of the case in the news media and above all are not to seek out the defendant or any member of the defendant's family nor any acquaintance of the defendant under pain of *contempt of court.* Jurors were forbidden not to speak of the trial even to family members under pain of *contempt of court.*

Pleasantly I nodded Yes! Yes of course.

As in a lottery jurors' names were being selected at random and these presented to the judge to enunciate in her nasal-grating voice. Each time I prepared to hear DENISE MC-SWANN and like a child felt a stab of disappointment when a stranger's name was called in my place. So frustrating! As the hours passed eight, ten, and finally eleven jurors were chosen and there were just three places remaining in the jury box, and of these two were *alternates* without votes. By which time I was inwardly despairing thinking *Has God misled me? Is God teasing me? To bring me into his very presence and then to deny me—why?*

The several times I'd been summoned to *jury duty* in the past, I hadn't been chosen of course. Carefully it was explained that such rejections are *not personal* and yet you would have to be quite a fool to suppose that they are not. When in the *voy deer* I was asked the usual questions, I answered honestly as you are supposed to do, and with what results?

A pompous (male) judge intoned *Mz McSwann do you comprehend the principle of "innocent until proven guilty"—are you capable of forming an objective opinion on the guilt or innocence of the defendant after due deliberation without being influenced by the fact that the defendant has been indicted and charged with these crimes* and unhesitatingly I replied *No your honor* and there was a hush in the courtroom as the judge stared at me as if he had not heard correctly and so I explained *Your honor anyone with any common sense can reason, if a criminal has been arrested by police and is standing trial, he must have done something to deserve it; especially in this crime-ridden city of Trenton, where nobody is ever caught for anything, and there are break-ins and robberies every night, if on a rare occasion the police do manage to catch someone we can assume he has committed many crimes beforehand*—and in great alarm and with a reddening face as if now the judge suspected that I was joking or taunting him rudely he interrupted saying *Mz. McSwann you are excused, you may leave the courtroom.*

Like a naughty child banished from the courtroom and in my wake—I'm sure I was not imagining this—titters of laughter.

Vowing this time *Such rejection will not happen another time.*

I knew that I was making an excellent impression not only on the judge but on the young woman prosecuting attorney and the defense attorney, a man of premature middle-age with a furrowed face. For it is easy to mistake Denise McSwann for a meek "librarian-type" female lacking a strong will of her own—a female to be impressed and manipulated by others. I was the only woman among the jurors to be wearing a hat and white gloves; one of very few women not in slacks or slovenly jeans but a dress, beneath a good black wool coat with a Persian lamb collar; in good leather shoes, and stockings. My hat was a sky-blue wool cap, which I removed. Though the world sees a plain-featured middle-aged woman with a slight overbite, a sagging lower face and thin lips, the type of female to be ignored by most men, near-invisible in fact, my secret is *I am a very different person inside, how astonished you would be!* for it has never been Denise McSwann's nature to "suffer fools" gladly, in judicial robes or otherwise. As a librarian for eighteen years at the Merck branch of the Trenton Public Library, I was sorely tested by the slow-witted and obtuse among the citizenry, not to mention unruly children and "teens"; at the age of thirty-nine I was transferred to the downtown branch of the library, removed from *Circulation* and given a desk in *Cataloguing*; at last, at the age of forty-five, granted *early retirement.*

It was humiliating to me, to be forced into retirement at such a young age, since I'd had excellent grades in library school and knew myself to be a damned good librarian; but frequent clashes with my ignorant supervisor, and certain others, took their toll on my nerves, and so I accepted the offer made to me by the district. Taking some spiteful pleasure in knowing that my brother Hubert was envious of me. For it will be at least fourteen years before Hubert McSwann can retire as chief administrative assistant at the New Jersey State Historical Museum on State Street to have free time to pursue his myriad "hobbies"—ridiculous activities of which an adult man might rather be ashamed, than eager to "rejuvenate." (As a young adolescent Hubert had ranked surprisingly high in the Northeast Junior Chess League, or so was his and Mummy's claim. Now it was Hubert's fantasy to return to chess, among other follies.)

All this while I observed the *defendant*. As the drone of *voy deer* continued. With a stab of tenderness I saw that his dark socks did not appear to be a match, one a solid color and the other with a faint pattern. I saw that his suit fitted him awkwardly, as if it belonged to a slightly smaller man. I saw how nervously he stroked his oiled hair. In profile his face was blunt as carved rock. His forehead was low with a look of brooding. Though surely he'd shaved that morning in preparation for court, already by mid-afternoon his dark beard was beginning to emerge like buckshot on the lower part of his face.

Restless the *defendant* turned to glance back at me. It seemed that "vibrations" emanated from me, to be registered by him. His expression was grave, frowning—his gaze moved swiftly across mine—badly I wanted to signal him but of course dared not—if the judge saw, she would expel me from the courtroom and all would end abruptly.

Voy deer is a procedure like running a clumsy and unwieldy substance—rags, young tree limbs—through a grinder. So slow! So exasperating! When at last the judge called a recess there was muttering among the jurors, for they were hoping to be sent home for the day: it was 4:05 P.M. Stiffly we stood. Stiffly made our way out of the courtroom. My head rang with fatigue. My knees were weak. I dared not glance back at R.S. to see whether he would be free to leave the courtroom as well.

Outside the ten-foot windows of the courtroom the wintry New Jersey sky was of the hue of tin and porous-seeming as leaky insulation.

Quickly I made my way to a women's restroom on the first floor landing of the creaky staircase. Despite my "meek" demeanor I make it a point to be first in line whenever I can, as other females drift dazedly in my wake. Such a strange state I was in, part dreamy, part alarmed, there came to me the stern admonition *If you leave now no one will know. If you slip away, great harm will be averted.*

Naturally Hubert had tried to discourage me from obeying the summons. Counseling me to plead *poor health* to the jury manager and be excused from this ordeal. You are a nervous woman, Hubert said in his kindly sneering voice. And you know you are needed at home to care for Mummy.

You are a nervous man, and *you* are needed to care for Mummy.

So boldly I retorted, trembling with audacity as I'd done since girlhood confronting my big-bully-brother.

It was not true, that I was a nervous woman, intrinsically. Nor was it true that our mother required anything like twenty-four-hour surveillance. For a woman of eighty-one with arthritis, high blood pressure, "fluttery" heart and "blotched vision" Mummy was in very good health and rarely complained except jokingly in the way of her favorite TV comedians; you would be impressed, seeing how Mummy could make her way with her aluminum walker like an upright, antic crustacean scuttling across a room! It was like Hubert to exaggerate Mummy's medical state, out of a crude wish that Mummy would pass away soon.

Because Hubert will inherit the "bulk" of Mummy's estate! I have not seen Mummy's will, but this I know.

Returning from the restroom I was surprised to see R.S. in the corridor, standing with his lawyer. So he was "free"—perhaps "free" on bail bond?—and could return to his home afterward? With a hard-beating heart I managed—unobtrusively—to pass close behind the men in hope of overhearing their conversation. Though it was not a true conversation, as the lawyer—who was shorter than R.S. by several inches—did most of the talking while R.S. listened glumly. I saw how the *captive animal* was watched over by deputies stationed only a few yards away. Brute uniformed bullies weighed down with gear—leather holster and belt, revolver, billyclub, two-way radio.

Out of a nearby alcove designated PROSECUTION WITNESSES ONLY spilled a slovenly family of fat disheveled mother, young children with runny noses and frightened eyes, and so it happened that I was obliged to pass close behind R.S. as the thought came to me swift as lightning *If he took me? As a hostage? But he would need a gun*. I was smelling R.S.'s scent—an odor of cigarette smoke, tarry hair oil—his skin was swarthy and coarse as if pitted on his cheeks and forehead—yet his *haunted eyes* were beautiful eyes, thick-lashed and sensitive. On the underside of his jaw was indeed a tattoo, and on his right wrist a tattoo of a silver dagger with crimson roses twining around the blade . . .

Ma'am? Are you all right?

Must've stumbled. There was a roaring in my ears. My heart had kicked—and stopped—and then began again—a terrible heat rushed through my body.

It was one of the guards who'd come forward to offer me assistance. He was a young deputy courteous to his elders and did not betray any disrespect. My face was so very flushed, I felt that my cheeks must be flaming. Oh this was so embarrassing, to one with my dignity! The *defendant* and his lawyer moved quickly from me with but sidelong looks at me, for further communication was forbidden.

Thank you, officer. I am . . .

But the young deputy firmly took my arm, to escape me back into the courtroom, and to my seat. As if I were an infirm woman! An older woman! And not at forty-six in the prime of my life.

Yet I had passed close by R.S., and might have reached out to touch him.

And he'd seen me. And he knew me. *Now my luck will change* I seemed to know, and so it was when the final name was chosen by lot that afternoon to be pronounced in the judge's nasal-grating voice this name was DENISE MCSWANN.

Here, your honor! I am here.

Shrewdly answering the judge's questions. *No your honor I would not be prejudiced Yes your honor I would be objective. No your honor I had not read of this case nor heard of it. Yes your honor I believe in the principle of innocent till proven guilty. No your honor I would not value the testimony of a law enforcement officer over the testimony of a civilian. Yes your honor I comprehend the principle of "beyond a reasonable shadow of a doubt . . . "* Clasping my gloved hands in my lap and my voice just slightly quavering and my demeanor that of an utterly ordinary not-very-bright middle-aged female resident of Trenton, New Jersey no one could guess the exultation in my heart as the judge declared *Mz. McSwann you are hereby accepted as juror number twelve.*

In this way as I foresaw the jury to deliberate the case of the State of New Jersey vs. R.S. was completed. In this way the lives of the R.S. and Denise McSwann were entwined together like tattoo-roses about the blade of a tattoo-dagger, forever.

Not five minutes home that evening, my overbearing brother could not find it in his heart to congratulate me for once. Staring at me with his jeering smile.

Denise, *you*! There has got to be a mistake.

I began to tremble. Fearing that Hubert would sabotage my chance for happiness.

Stammering I said that yes it was so, I was a *juror*. The trial was starting at 9 A.M. the next morning.

How is this possible, Denise? You know that you aren't capable of *objectivity*. You're emotional, easily upset, angered—

No. I am not.

Denise you *are*. Certainly, you *are*.

No! I will make an ideal juror in this case. I was carefully interviewed by the judge in the *voy deer* and neither the defense attorney nor the prosecutor objected to her seating me on the jury.

Voy deer?—do you mean *voir dire?*

My face reddened. Hubert laughed. Hubert never missed an opportunity to show up my inferior local-New Jersey education.

At the courthouse it is called *voy deer.* That's exactly how the judge pronounced it, Hubert—*voy deer.* And I've been chosen, and that's that. I am juror number twelve and I've been sworn in with the others, I've taken an oath to uphold the law *so help me God.*

Hubert shook his head as if this was all too much for him. A man of utmost rationality, in a household of weak-minded women.

For it was true, in the months leading to my retirement as for some time afterward I had not been altogether what you would call a *well person.* But all that was past, I never gave any thought to it now except when Hubert prodded me so cruelly, as you might prod a terrified animal with a stick. He had succeeded in riling me and causing me to speak with a stammer. The fear pervaded me, this cruel man who took such pride in his paltry employment at the state history museum might, with a single strategic telephone call to a fellow government-employee at the Mercer County Courthouse, ruin my chances to serve on R.S.'s jury.

Just what kind of trial is this, Sissy?

(*Sissy!* So Hubert addressed me when his mood began to

shift from annoyance to exasperated affection, as you might speak to a recalcitrant child or family pet.)

It is—a criminal trial.

I swallowed hard. My mouth had gone dry. Badly I wanted to protest *But the defendant is not a common criminal!*

Really? And what is the crime?

Hubert, I can't discuss it. You know that.

Well—who is the criminal?

There is no *criminal*. The man to be tried is a *defendant*. We have all pledged to regard him as *innocent until proven guilty.*

Sissy, come on! Don't be obtuse. D'you think that "innocent" citizens are arrested and tried for crimes, especially in Trenton? What's he been charged with?

Hubert, no. I can't talk about it.

Certainly you can tell me, Sis. It's hardly like telling Mummy. I would never violate any confidence.

No! The judge gave us our instructions.

It will be in the *Trenton Times*, probably. I can look it up.

The way Hubert was regarding me, I had to think that he must be speculating how to sabotage my plans. He could sense my excitement and see the glisten in my eyes, he could not know of R.S. but with the shrewdness of the predator he could sense a new radiant presence in my life.

Wanting me to confide in him, I thought. So that he could betray me. That is his game.

Quietly I said taking care not to allow my voice to quaver, Really Hubert I can't discuss the case. Please understand.

Such integrity, suddenly! Sissy I am impressed.

This was a sneer. I knew. Turning on his heel to walk away from me rudely but I was determined not to succumb to a tantrum of sisterly fury and rush after him beating at him with my fists and screaming at him to upset Mummy and throw the household into a commotion just before supper, not at this crucial hour of my life.

This scene with Hubert, I have inscribed in my journal. A handsome notebook with a marbled cover in which I'd written a few entries years ago, in recovery from my breakdown.

Pitiless and honest will be all entries in this journal. A distillation of all that I hate, loathe, and bitterly resent about my brother Hubert.

I suppose, you might define it as *classic feminist injustice*, what I have endured from him. Except in my years as a librarian surrounded by *feminist-type females* I came to loathe these individuals, too.

Here was the issue: since my retirement from the library it seemed to have been decreed—not with my consent!—that I was to remain at home full-time and care for Mummy and for the house—which is not a small house—like an indentured housewife of the 1950s while Hubert was the sole member of the household with a career, a profession, an income and *a life outside the family.*

Hubert: pronounced *Huu-beart* in pretentious nasal-French.

Since childhood Hubert had been my big-brother protector outside the house and my big-brother tormentor inside. We were Mummy's only children, and Mummy was our only (living) parent.

If I harbor a (secret) loathing of Authority—a wish to sabotage and do (secret) harm—it is because of Hubert.

When we were children Hubert tormented me by claiming that he alone could recall the days—years—when our father lived with us in the spacious English Tudor house on Hurdle Avenue, at a time when the neighborhood was still "exclusive"—"not yet 'integrated.'" (My beloved father Timothy McSwann died suddenly of a heart attack when I was just seventeen months old, & Hubert was six. He had been part-owner of a family business McSwann Ball Bearings Inc. in Trenton, long since sold.) Hubert claimed that our father had taken him—*Not you Sis you were just a baby always crying*—to the state fair and the planetarium and the New Jersey Historical Museum where one day Hubert McSwann was to be chief administrative assistant and that our father loved *him* best and had confided in him, he hadn't wanted a *second child* at all.

What a cruel thing to say to this *second child*! Feebly I protested that Hubert was mean and nasty and I did not believe him.

Gleefully Hubert cried Yes! It's true! Daddy and Mummy were *not getting along* at that time. Having you was *Mummy's idea* and not Daddy's.

It was not! I don't believe you! I hate you . . .

When I began to cry my big-bully-brother might relent. If he could take gloating pity on me, he would leave off this torment.

Already as a child of eleven Hubert had acquired the air of a predator bird, a vulture or a turkey buzzard, with small shrewd glaring-yellow eyes and a way of baring his teeth in a "smile" that made smaller children shudder. His cruel bullying nature he hid from teachers and other adults-in-authority who mistook him as mature and reliable and to be entrusted with extra responsibilities and privileges. Our mother adored him as did other (female) relatives. His hobbies (chess, model sailing ships, stamp collection, etc.) were indulged while mine (flute and recorder, tap dancing, astronomy etc.) were barely tolerated. Hubert was sent to the Pennington School while I went to the local public school. Out of a mysterious "trust fund" Hubert was sent away to Yale where he received both a B.A. and an M.A. (American history) while I commuted by bus to Ryder College and later to the New Jersey State Library School in New Brunswick. And out of this same trust fund Hubert was able to travel to Europe several times while I remained at home taking care of our widowed mother's needs and commuting to my job at the Merck branch of the Trenton public library.

Not that I am complaining, *I am not.*

For yes—there were romances. Even—once—almost!—when I was twenty-eight—an engagement.

(About which Hubert had no more sensitivity than to tease me though he had to know that my heart was broken and that for months I cried myself to sleep waking in despair and famished in the night to tiptoe downstairs to the refrigerator helpless to withstand the terrible craving to devour ice cream out of the package ravenous as a beast.)

(And possibly it was at that time nearing my thirtieth birthday when I resolved to hurt him. Seeing my life stretching out before me like the New Jersey Turnpike littered with debris and the knowledge came to me that somehow, someday—I didn't yet know how—God would infuse me with the strength to exact justice from my cruel brother, at last.)

Now it seemed to me, so long awaiting a sign *God had sent a sign.* As juror number twelve pledged to uphold the law and grant to the defendant R.S. all *presumption of innocence unless proven guilty,* I would see my life so scorned by individuals like my brother and so taken for granted by all others *redeemed.*

All rise!

You would think that this command would be infuriating to me, who so chafes at unwarranted Authority, yet there was something thrilling in it, each day of the five days of the trial *All rise!* like a summons in a place of sanctity.

At the start of each court session a pork-faced sheriff's deputy opened the door behind the judge's bench and through this doorway as onto a stage stepped the judge in her silly black robe—plain-faced and sallow and with a self-important smirk—*no ring* on her left hand, which was not surprising and all of us—mere commoners!—were obliged to rise to our feet in deference to her power. And so quickly I did. As through tedious and unconvincing presentation by the prosecutor that lasted for hours I maintained this air of calm, courtesy, deference. For this was the strategy of juror number twelve DENISE MCSWANN.

The trial was short: just five days. There was very little for the defense to argue except *self-defense* and so, unfairly it seemed to me, as surely to other jurors, most of the trial was taken up by the prosecutor. As Hubert had anticipated it was covered in the *Trenton Times* but not very thoroughly covered, relegated to inside pages which was disappointing. Nor did local TV news run any footage. (Though I had insisted to Hubert that I would not discuss the case nor look it up in the news, of course I did. It was not likely that anything I read about the case would influence *me.*)

The charges brought against R.S. were: *voluntary manslaughter, obstruction of justice, resisting arrest & assault against a police officer.* These charges were pronounced by the young female prosecutor and vigorously contested by the defense attorney. Each side presented witnesses, many more for the prosecution than for the defense, and each side argued that its witnesses were telling the truth and that the other witnesses were not. The prosecution argued that R.S. was *guilty,* the defense that R.S. was *not guilty* for he had acted without premeditation in the heat of an argument and had wished only to "unarm" an angry woman who was attacking him.

In essence, this was the case. No matter the hours of testimonies by prosecution witnesses—relatives of the deceased, Trenton police officers, an old-goat forensics "expert" like someone on TV—this was the case. In my heart I felt scorn for the prosecution and a citizen's resentment that such a vast entity as the State of New Jersey could be mobilized against a lone individual like

R.S.—who, as it was revealed, had served in the U.S. military at the time of the Persian Gulf War of 1991 and had been "honorably discharged" and was now thirty-seven years old. Badly I yearned to smile at this persecuted man seated a short distance away, that I might offer him solace. *Don't give up hope! Their case against you is not convincing at all.*

In the first row of seats behind the defense table were relatives of the defendant. Over the course of the five days these individuals would vary but always there was a dazed-looking older woman with limp gray hair like used Brillo pads & a morose set to her mouth that resembled R.S.'s mouth. His mother, I supposed.

From time to time, R.S. would glance back at his relatives. With a look of tenderness and concern he would s-mile at the gray-haired woman as if to signal *I am all right! I love you.*

Not an attractive woman yet there was something wistful and yearning about her. In a grocery store Mrs. S. would be the annoying older customer pushing her cart slowly and blocking the aisle until at last impatiently I would murmur *Excuse me! Please!* And push my cart around her. But in the courtroom, I felt some sympathy for her. How painful it must be, to see her son on trial! Mrs. S. had to be at least ten years younger than my mother but walked in that wincing way that suggested arthritis like poor Mummy and seemed often on the verge of tears when the prosecution spoke most harshly of R.S. enumerating his alleged *unconscionable actions* on the night of the alleged *voluntary manslaughter* and calling him *a careless brutal man.*

To Mrs. S. I wanted to send a signal as well. *Have faith! Don't despair. You have a friend on this jury.*

In my car which is a five-year-old pearl-gray Nissan, for some minutes I sat exhausted and strangely elated in the lot on Broad Street designated JUROR PARKING MERCER COUNTY COURTHOUSE. This was following my first day as a juror. This was following hours of testimony by prosecution witnesses. Though I was expected home to prepare supper for Mummy and Hubert yet I could not bring myself to leave, just yet.

At the courthouse I had lingered on the stairs hoping to catch sight of R.S. Not that I would have spoken with him, of course I would not. Nor with his lawyer, or with anyone in R.S.'s family. For all that was forbidden to jurors and I dared not risk expulsion from the jury. Though in some private place casually together, for instance a women's restroom, if Mrs. S. chanced to be inside, and by chance I entered, I would have smiled and nodded at her in a friendly manner but not exchanged actual words.

But I saw none of these people. Not R.S. nor any of those individuals I believed to be his relatives.

Ma'am? C'n I help you with anything?—a female deputy sighted me on the staircase landing, and spoke sharply to me.

Politely I thanked her and said no.

I was just leaving, I said. I am a juror in a trial, and I am just leaving for the day.

Feeling icepick eyes on me as I descended the stairs. My face burned but not unpleasurably.

Always you think in the presence of such brute bullies armed and prepared to shoot *The power to kill resides in them. But in me, the power to provoke!*

In my state of heightened nerves I could not bring myself to drive directly home, to the drafty old house on Hurdle Avenue to prepare our evening meal as usual. As I had arranged for a neighbor woman to visit with Mummy until either Hubert or I arrived home, I was not greatly concerned about her. As for Hubert's disapproval *He can go to hell! The tyrant.*

After fifteen minutes or so in the car in the parking lot—it was twilight now and a feathery light snow falling—that melted as soon as it touched the pavement—slowly I drove from the near-empty lot and along Broad Street past the courthouses and beyond to State Street; and north on Stuyvesant Avenue and at Mott Street turning east, as I had never done before in my life, and proceeding to the 900-block of Mott—this, a section of Trenton unknown to me—and so to 941 Mott which was a weatherworn brownstone duplex like others on the block—darkened windows upstairs and down—litter on the front walk—and a faintness came over me as I stared at the house *There is no one inside now. What has happened, has happened and is over.*

This was *941 Mott* where the woman had died. In an upstairs bedroom of that brownstone. Now a darkened room no one would wish to enter. Soaked into the mattress of the bed, on the floor bloodstains of the woman who had bled to death through that night.

So the prosecution claimed. And witnesses who were R.S.'s enemies. Wishing to portray R.S. as a drunken brute. But R.S. had only protected himself for the woman had wakened him from sleep to lunge at him with a knife, he had tried to disarm her and in the desperate struggle by accident he had stabbed her.

Nine times, he had stabbed her. For once begun, in a kind of trance he had not been able to stop. So it would be argued. *A classic case of self defense* his lawyer argued.

And R.S. was a Gulf War veteran. That fact, jurors must never forget.

Rudely a horn sounded behind me. A vehicle had driven close up nearing striking the rear of my car. Blinding headlights in my rear view mirror.

Nowhere to go now for Denise McSwann, but home.

And how is your trial, Sis? Boring, eh?

So Hubert wished to provoke me. That first night, and subsequent nights. Stiffly I replied that I could not speak of it, as he knew. As a juror bound to confidence. Seeing my prim pursed expression Hubert laughed. *As a juror bound to confidence!* You are very funny, *Den-ise.*

Even my name was a source of amusement to my insufferable brother! But I refused to be drawn into an exchange and cast our suppertime into disarray.

Mummy too was eager to know of the trial. Firmly I explained that I could not discuss it until its completion.

They were jealous, I think. This new radiance in my face and a certainty in my manner. My old nervousness and quick-irritation like an edgy cat had vanished. Unknown to Hubert and Mummy each night on my way home from the courthouse I would stop at a 7-Eleven to purchase copies of all Trenton newspapers I could find, and eagerly read through them for news of the trial—disappointing, there was so little—in the *Trenton Times* just minimal coverage on an inside page—though on the third day of the trial a double column and at the top a photo of R.S. unsmiling and somber in military uniform and a photo of the deceased female, thirty-two years old and pretty in a superficial way with plucked eyebrows, a stubby nose, arrogant mouth *Bernadette Enzio, thirty-two at the time of her death.* It was the first likeness of the alleged victim I had seen, quickly I tore it out of the newspaper page and crumpled it in my fist.

No: I did not wish to contemplate *Bernadette Enzio*. At the trial there was far too much made of this female with whom R.S. was said to have lived intermittently the previous winter and spring until the time of her death. This female who had surely provoked R.S. to behave as he had. *I am not jealous of her. Yet there is justice, she is no longer a presence in R.S.'s life.*

Meaning to be friendly, the 7-Eleven clerk who was a woman of my age said to me, seeing what I was reading, That's a nasty trial isn't it! Makes me sick to read about it people like that, their kind of lives so careless. Saying he *blacked out* and didn't know the woman was bleeding to death and he's in the same bed!—had to be drunk or high on drugs—makes me sick to think about it. The clerk is shaking her head and I am careful to say quietly the defendant is a Gulf War veteran under medication and how can that be his fault? It was the woman who stabbed at him first, with a knife. And the clerk frowned and said well yes, maybe that was so.

I thought, if you were on the jury with me! We would see that justice was exacted.

Outside the parking lot I took care to dispose of the newspapers. All I retained was the *Times* story with the handsome photo taken so long ago, almost I would not have recognized R.S.

The final days of the trial it was my practice to arrive early at the courthouse. In this way hoping to avoid a long shuffling line at the security check that straggled out onto the sidewalk. If I came at the right time there was the chance of encountering R.S. I would observe R.S. on the street walking with the older gray-haired woman and some others—the surprise was, R.S. walked with a stiffness in his left leg, and his left shoulder carried just slightly lower than his right. To pass close by him I quickened my steps. In the cold air my breath steamed. My lips were fixed in a small smile like something stitched in my skin. Daring to cast a sidelong look at him seeing that he wore dark-tinted glasses in the glare of morning and there was a stiffness in his face, like one who hopes not to be seen. The thought came to me *They have shamed him in the eyes of the world, he must be avenged.*

Quickly I hurried by. R.S. and his mother were joined on the sidewalk by another individual, unknown to me. I entered the courthouse that was a relief, after the cold rushing wind of Broad Street. My eyes watered with tears and my heart was a-flutter and how Hubert would laugh at me in scorn, as a weak-headed female who could not manage her own financial accounts, for all her librarian-training, but would have to be managed by *him.* In the security line, I fumbled to place my handbag and tote bag on the conveyor belt. Ma'am? Anything in your pockets? Keys? cell phone? Out of the tote bag spilled a package of Red Zinger herbal tea, yogurt containers, two small MacIntosh apples and a small plastic knife—that made the older black deputy laugh. Ma' am, you have come prepared for a lengthy day!

There was an address given in the *Trenton Times*, on Drexell not far from Mott.

In the Nissan driving slowly past 1291 Drexell which was a single-story wood frame house set back from the street in a small yard stippled with snow like sand dunes strangely beautiful in the reflected light from windows. At twilight and again at dark for forty minutes circling that block of 1291 Drexell where the S. family resided and I had reason to think, if he was freed on bail, R.S. must now be living.

At the curb I parked. Like the buzzing of a giant insect the engine ran. A sickly sort of heat spilled from the vents of the car and a stupor of happiness came over me, just to sit here and gaze at the windows of the S. residence, drawn blinds warmly lighted from within.

The house was a small bungalow of shinglewood. The front porch listed to one side in need of propping and repairing. This was a rundown section of Trenton far from our house near Academy Woods Park. Yet, in the driveway beside house there was a new-looking vehicle, I thought must be a SUV.

On the jury, I was cunning and quiet. This was my strategy. In the courtroom you are not allowed to take notes but in the jurors' room you are allowed and so when we were sent from the courtroom I sat by myself with my herbal tea taking notes in this journal while the others chattered nosily of TV programs, families and vacation plans.

It was a matter of outrage to me, that these fools had been selected to pass judgment on R.S.

So long as the trial continued we were not allowed to discuss the case and yet I could sense by certain remarks overheard and by the self-righteous air of the jury foreman—a man of Hubert's type, taking up more space than he deserved—that some of my fellow jurors were doubtful of the defendant's claim of self-defense.

At my corner of the table I kept to myself, writing in this journal. *None of you will sway me. I know what I know and will never change my mind.*

At the curb in front of the shadowed bungalow in my parked car, I waited. From time to time vehicles would pass by for the street was wider than Mott. A half-hour, I waited. I could not have said why I waited and yet it would not have been possible for me to leave.

At last the door opened. Hesitantly a figure—a female—stood in the doorway. The Nissan's headlights were out but the engine continued to run and sickly-smoothing heat lifted into my face. It was not R.S.—I did not expect that it would be R.S.—but the gray-haired woman who was his mother, in a coat hastily thrown on. Mrs. S. was in her sixties with a sagging body, sad-sagging face. That morning outside the courthouse she had taken note of me and inside the courtroom saw that I was seated in the juror box. In the unsparing light of early-morning the woman's face was revealed as a ruined girl's face wanly pretty but now faded, and a look of bafflement in her eyes.

Now she was calling to me. I lowered my car window, to hear her query.

Excuse me? Ma'am? Are you looking for someone?

Yes. I am looking for—

Stating his name. Calmly, and boldly.

Quickly she said, He is not here.

If you are the mother of R.S., we could talk.

The woman had come closer, to peer at me. She was clutching the collar of her coat, shivering. Her frizzed-gray hair was disheveled from the wind. Why, she asked. Why should we talk ma'am.

Worriedly casting her eyes about, to see if other vehicles were parked in the area. What did Mrs. S. expect, that I would be conspiring with the Trenton Police Department, to entrap her! This was so far from my motive, I had to laugh, sadly.

Please will you trust me Mrs. S. I am your friend.

A look of cunning came into the woman's face. Yet she was wary, suspicious.

Ma'am I don't think so. No.

May I come inside your house and we can talk.

Ma'am no! I don't think that is a good idea ma'am. If you are who I think you are, you are not supposed to be here.

Not supposed to! Now I was laughing, in contempt. Saying I am a free citizen of the United States, God damn I will visit where I wish. I will make friends where I wish. No one can order me about.

This blunt statement made an impression on Mrs. S., I

saw. She had to see, that I was serious. I was her friend. Though sucking at her lips in anxious indecision as forcefully I said, Then will you give a message to your son for me, Mrs. S.? This is crucial.

Ma'am that is not a good idea. I think, I have to go back inside now ma' am.

Don't you trust me, Mrs. S.? I am sorry.

Goodnight!

Nervously the woman backed away. Clutching her coat closed, at the throat. Laughing suddenly, and her breath steamed.

All right then goodnight! I said laughing.

I put the Nissan in gear and drove away and Mrs. S. who had retreated to the listing porch of the bungalow stood watching the red tail lights disappear and I felt such happiness knowing that she would hurry then to call her son, in a breathless voice of alarm and wonder *That woman! That juror! I think she is our friend She has just been here to see me.*

Hubert had a fiancée, but the poor woman came to her senses in time.

It was an irony of our lives, that Hubert's friend Hedda was a librarian, like me. Yet unlike me, a librarian in a (mere) junior high-school in Ewing. Her narrow horse-face and mournful eyes revealed that desperation, I saw immediately. And felt some sympathy for her as to a lost sister.

It was a kindly time in my brother's life, when he was cordial to me and most attentive to Mummy. As if the fact of *having a fiancée* had wakened Hubert to generosity, to a degree. This I have to concede.

Hubert at age thirty-five! Before his fair brown-blond hair began to thin, and the hard little pot-belly to protrude above his belt like a kettle-drum.

Yet Hubert's cordiality was false, I knew. The predator-bird awaited inside those yellow eyes, and at the slightest provocation the *Yale degree* was a scimitar to swipe at Denise, at will.

One afternoon by chance encountering Hedda in a store at the Ewing mall. Where several times I shopped in the hope of such an encounter, at an hour when a school librarian would be on her way home.

I was so friendly then! I was not pretending, such a warm sisterly feeling for poor Hedda. For I knew her to be a deluded woman, who must be warned against a terrible error.

It was pathetic to me, how this horse-faced woman could imagine herself *loved* by any man, even my brother Hubert. Finding any reason to glance at the engagement ring on her hand, that had been a ring of Mummy's mother, a family heirloom Mummy was foolish enough to give to Hubert, and to smile at the ring which was a beautiful antique ring, a square-cut diamond set amidst smaller diamonds in a gold setting. *What right does Mummy to give such a ring to Hubert, and nothing to me?*

Though I was not jealous. Hardly!

Hedda and I had coffee in a food court there. Coffee and pastries, which were my treat. For I had a shock to reveal to this poor deluded woman, and wanted to soften the blow somewhat.

After some exchange of complaints—good-natured & laughing for the most part—about our respective library-jobs, bluntly I informed my prospective sister-in-law: My brother is a fetshist.

A what?

Fet-shist.

Hedda stared at me blankly. She had taken a small bite of a pineapple pastry at my urging and her jaws slowed, chewing. Her beautiful thick-lashed horse-eyes blinked in utter bafflement.

Hedda, a *fet-shist* is a depraved man who craves sex-stimulations and release through some weird thing like a woman's shoe. It is a very shameful pathology said to be *resistant to any form of therapy*.

Still Hedda stared. Hastily she brought her napkin to her mouth.

In a grave lowered voice I leaned across the table to confide in the poor woman the terrible shock it had been for me to first discover my brother's *secret cache* in a box in his closet, tied with twine, some years before when I had been hardly more than a girl, in experience. And how, that time, I had quickly put the box away, not wanting to open it. Then, there was *a thing* that happened at the History Museum, a few years ago, I told Hedda it had not gotten into any newspapers and was *hushed up* and so this time when I was alone in the house one day daringly I returned to Hubert's room, and there was the box, in fact now a bigger box, hidden at the rear of the closet, and with a thudding heart I pulled this box out and slipped off the twine and inside this box—a terrible shock, it made me sick to recall—

were women's high-heeled shoes, not pairs but single shoes, and little girls' shoes, smelly dirt-stiffened socks Hubert must have found in the park, or in trash somewhere. As I told Hedda of my discovery, my eyes moistened with tears and I laid my hand on hers, to comfort her.

Oh! Denise I c-can't believe you . . .

Hedda it's true! How can you think that I would invent such a disgusting fact about my own brother!

Poor Hedda bit her lower lip, to keep from crying. Her voice was weak and wavering and the several times I'd overheard Hubert speaking with her, in the parlor of our house on Hurdle Avenue, I had scarcely heard Hedda at all, only just Hubert's loud voice. Here was a nervous woman who'd become a librarian as I had surely out of a mistaken belief that there was a kind of solitude in a library and in books that would protect us from the cruelty and vulgarity of the world, that was a world of *men*.

At a small table in the food court Hedda and I were sitting. Our handbags were at our feet. I was rummaging in my pink plastic tote bag as Hedda stared. What are you doing, Denise? What is—?

Hedda was frightened, as I pulled out of the tote bag a smaller plastic bag, in which there was a little girl's black patent leather shoe, a woman's ridiculous high-heeled "sling-back" sandal glittering with some kind of faux gold dust and a single black silk stocking, badly torn and stiff with filth. These are just a few items from Hubert' s *cache* I said.

Hedda staggered to her feet. Hedda stumbled away. Hedda looked as if she would be sick to her stomach.

That was nineteen years ago. Since then, Hubert has not "dated" any other innocent woman, to my knowledge.

And so, on the evening of the fourth day of the trial, when Hubert asked in his sneering voice *How's the juror?* even as I hurried to serve the meal I'd hurried to prepare, as Hubert and Mummy took their places at the dining room table, and my nerves were raw in the aftermath of the day's courtroom session—I heard myself counter Hubert's query with, What has become of that poor homely fiancée of yours, Hubert?—The junior high librarian . . . Knowing that it would provoke him, and deflect his attention from me. And so this was, for a flush mottled Hubert's face as he said, in as steady a voice as he could manage: Who?

As if, *who?* I had to laugh.

Calmly I continued to serve the meal. (You would wonder what I could so quickly prepare having returned home—late—from the courthouse: meatloaf, made with the very best quality of beef, pre-prepared and frozen the previous weekend. Delicious meatloaf baked with lavish dollops of ketchup that is an old favorite recipe and served with fried potatoes. *Yes I am a good cook!*) Saying, You know exactly who I mean, Hubert. Her name was Hedda.

As Hubert drew breath to speak harshly to me Mummy interjected quickly, Now Denise now Hubert! Children, it is our suppertime. Please.

Mummy is an elderly woman and yet: at such times her eyes are alert and vigilant and the worrisome vagueness of her manner vanishes. Casting her look of dismay on her grown daughter and son. At such times I felt sympathy for Mummy, and a tinge of shame for myself, for there have been forty years of bickering in this household, at mealtimes at this dining room table most of all. Overhead our glass crystal chandelier that is a precious antique, in which glaring bulbs have been set, for the practical purpose of lighting our meals but banishing all residue of elegance and romance from our household. In a pleading voice Mummy said, Denise you know it's a sore point with your brother. The fickle behavior of certain women.

This was funny! Mummy's innocence provoked me to laugh.

And Hubert too, recovering from his fit of fury. Red-faced trying to laugh saying, As if I care! I don't even remember her name.

I said, her name was Hedda.

Well, I don't remember. I'd forgotten.

"Hedda Denticatt." You remember very well.

I do not. "Hedda Denticatt" is a ridiculous name not known to me.

Liar! I laughed, I was angry. Mummy put her hands over her ears, though Mummy is hard-of-hearing. Neither Hubert nor I would retreat from supper for that was not our way on the occasion of such outbursts, that took place from time to time unexpectedly. Neither Hubert nor I would wish to deprive ourselves of our evening meal. Sometimes truly it does not seem that I am forty-six years old and my brother is fifty-one. *It seems that we are children again, he is the bully and I must protect myself against him for he would suck away my life.*

It was in the concluding hours of the trial, R.S. testified at last.

Taking the witness stand as it is called. To speak openly and in anguish.

In halting speech to all the courtroom describing the events of that night. Wakened from a stupor sleep by the woman and he had no choice but to defend himself.

Conceding yes, he had ingested alcohol—as she had, earlier that night—and a certain drug, percodan which was prescribed for him.

R.S.'s lawyer questioned him for some time politely and respectfully. The conclusive fact in this case was, the deceased woman's fingerprints were discovered on the knife, with R.S's prints. This was such unshakable proof, there seemed to me little need to listen further.

In the front row of spectators Mrs. S. sat with downcast eyes and a mouth of bitter sorrow. Yet some motherly pride, in hearing her son speak to the courtroom at last, with such conviction. Naturally we had not acknowledged each other in the courtroom and would not, to the very end of the trial. While his lawyer questioned R.S. in a kindly voice taking care to emphasize how this is a man who had been willing to sacrifice his life for his country and who had sacrificed his *health & mental well-being* you could feel that the sentiment of the courtroom was with him, and I was sure that my fellow jurors felt as I did, but then, such a rude change of tone!—as with unseemly eagerness the young-female prosecutor leapt to her feet to approach the witness, to query him in a voice laced with sarcasm. This was shocking to many in the courtroom, that R.S. should be subject to so harsh an interrogation—a veteran of the Gulf War!—after forty minutes of this abuse lapsing into a sullen silence, his mouth working. On his knees, his fists were clenched and tremulous. And the cruel judge had no sympathy for him, prodding in her nasal-grating voice, Please answer the question, Mr. S. And the thought came to me *He would smash their faces with his fists, if he could. If he had but the freedom!*

So offended by the bitch-prosecutor subjecting R.S. to this ordeal, I blocked off her yammering voice for the remainder of the trial, and paid not the slightest attention to her hysterical summing-up in the end. And there was the judge admonishing us, like children she could not trust: You must judge by the evidence and you must come to a unanimous verdict. And I thought gloating *I have come to my verdict in my innermost heart, and I will never change my mind.*

There came the first vote, by secret ballot.

Eleven *guilty* and one *not-guilty*.

The jury foreman stared through bifocals at the lone paper ballot held in his hand as if he didn't know where to pl-ace it.

We were in the windowless and airless *jurors' room* down the hall from the courtroom. Locked away to *deliberate* and to *reach a unanimous verdict.*

Hours had passed, it was believed fruitfully by these fools and now they might vote led by their "foreman" and believed they might reach their *unanimous decision* to be taken to the judge by 5 P.M. But this was not to be. For when the foreman asked for a show of hands, unhesitatingly eleven jurors raised their hands for *guilty* and only one, juror number twelve, for *not guilty*.

In surprise they stared at me. The fool-foreman, exactly like Hubert when he is thwarted, fixed me with a smile of ghoulish insincerity. Mz. McSwann is it! Would you like to explain to us, your line of reasoning? If this bully wished to goad me, he could not; for I am too cunning to be goaded by such provocation. Quietly and with seeming shyness of the kind you would expect in a middle-aged retired librarian I explained why I believed as I did, I had listened carefully to all the evidence presented by the prosecution, and to the testimony presented by the defense, and after searching my conscience, I simply did not believe that the prosecution had proven its case *beyond a reasonable shadow of a doubt*.

More hours would pass, in the effort to "reason" with me. That afternoon and again the next morning in the windowless and airless *jurors' room* on the second floor of the Mercer County Criminal Courthouse. At all times Denise McSwann listened politely to the arguments of fellow jurors yet remained unmoved; nor would she smile abjectly or in apology as men expect of women in such circumstances, only just reiterating *I must vote as the evidence directs me. I have prayed, to find justice.*

And so the session continued, through the second day. And the fool-foreman insisted upon another ballot, and another "show of hands"; but always there was one *not-guilty* vote amid the eleven *guiltys*. Initially the discussion was composed and not rancorous but by quick degrees tempers began to flare up, both female and male jurors were becoming exasperated with me, which I acknowledged I understood: But I could only vote following my conscience, as the judge had instructed. A request was made to the bailff to bring us transcripts of several testimonies, including that of R.S., and the old-goat forensics expert, and several hours passed in the fruitless perusal of this material while I sat with clasped hands and a calm-beating heart, like the stillness at the core of a tornado. For, to me, there was no other evidence that yielded the full truth except the fact that *the deceased woman's fingerprints were on the knife, with those of the defendant.* This was a point I would never concede, I said.

And what would it take to change your mind Mz. McSwine, the foreman asked of me, with his ugly big-toothed smile, Oh! Excuse me, Mc*Swann* I meant to say. Red-faced and sweating inside his white cotton "dress" shirt as he was made to realize he could not bully juror number twelve who replied to him without rancor, There is nothing that can change my mind.

So three full days passed, in what the newspapers call a *deadlock.* And since juror number twelve could not vote *guilty* on the main charge of voluntary manslaughter, she could not vote *guilty* on any of the lesser crimes for these followed from the first, by which time several of the (female) jurors had broken down into tears, and several of the (male) jurors were speechless with dismay and disgust, and at the close of the third day of deliberations the exhausted foreman sent notice to the judge that we could not agree on a unanimous verdict; and the judge summoned us into the courtroom and spoke sharply to us as to disobedient children. As if she could force us to become *unanimous!* I saw her disgruntled eye drift over me, in search of the *holdout juror.*

Sending us back to the windowless and airless *jurors' room* another time. How weary we had grown of one another! Yet, I would not budge. And in the end, on the final ballot another juror had joined me, with a vote of *not-guilty.*

The judge had no choice but to dismiss the jurors and to declare a *mistrial.*

Not that evening but the next I drove to Drexell Street.

Parked the Nissan at the curb at 1291 Drexell and went to the door of the bungalow and knocked and there was a face at a window peering at me and the door opened, it was Mrs. S. gazing at me with some of the stunned relief she had shown in the courtroom, when the judge declared a *mistrial*. Saying, You! God has sent you! seizing my hand in hers as if she might kiss it, and looking at me with such giddy joy, as if she might embrace me. Her breath smelled of whiskey, her sallow skin was flushed.

A faintness came over me. I could not have said if I was very happy at last—or shivering with dread. (It was a cold windy evening, bits of snow like mica flung against my heated skin.) My mouth had gone dry. I said, Is he here? Your son?

And Mrs. S. said, Yes he is here.

Uneasy and yet courteous calling me *ma'am*. Saying how grateful he was to me, for he knew, it had have been me; the other jurors had looked at him as if he was an animal.

God had sent me a sign, I said. That was all.

We were drinking. Mrs. S. had brought us a bottle of whiskey and two drinking glasses and left us alone together. In another part of the bungalow were TV voices and laughter.

I am not accustomed to drinking. And never hard liquor. But this was a special occasion, it would have been priggish of me to decline. I said, They had no evidence really. You served your country in war, it was wrong of them to betray you.

He said, The fuckers! That's what they want, to fuck you over. He drank. He said, wiping his mouth on the edge of his hand, You gave me my life back, ma' am. I owe you.

I laughed. My face heated pleasurably.

It was a magical time! There have not been many such magical times in my life, and none like this.

When I'd touched Hedda's hand, that day in the food court, and dared to grip it, in sisterly feeling—that had been a time. But none since, and that was nineteen years ago.

My brother, I said.

I began to cough. The whiskey flamed in my mouth and throat and flared at my eyes, making me laugh. But I was anguished, too. To speak of the cloud that hangs over me.

Ma'am, your brother-what?

My brother is an evil person. A cruel person who has threatened me.

Pronouncing these words with such vehemence, I was surprised by myself. And yet, I was proud of myself. As somberly R.S. regarded me not knowing what to make of me, I suppose. The tattoo on the underside of his jaw was shadowy and mysterious as a caressing hand. Tell me about your brother, ma'am, he said.

A True Woman of Letters
by Mary Morris

A True Woman of Letters

In the spring of 1979 my first book, a collection of short stories, was going to be published. I was obviously still a fledgling writer, though this was a work I had struggled with a decade to realize. I had agonized over each story, writing thirty-two of them, selecting twelve for my first collection. Then one day as we neared publication, my editor called and read me a wonderful quote. It was the first literary assessment I'd ever heard of my own work. Then he asked me whom I thought wrote that. And I said, assuming it was a piece of publicity, "you did." And he replied, "No, Joyce Carol Oates."

Even some thirty years ago Joyce Carol Oates was a writer I had read and admired. In fact she was already for me a literary icon. I had read her early novels and stories, including *them* which won the National Book Award. I was astonished that a writer of her caliber would show an interest in my work, but I was soon to learn that was the kind of generosity Oates showed to emerging writers. A voracious reader, a tireless writer, Oates represented for me then, as she does now, a true woman of letters.

Other things went on to happen in my life. I was awarded the Rome Prize, and learned that Oates was on the committee. I got a job at Princeton where she was a tenured professor in writing. Over the years I have felt her helping hand, and I have always been grateful for it, but more powerfully I have felt her presence as a writer and as a mentor by her example in the world at large, and certainly in my writing life.

There is, of course, the sheer power of her stories and her prose, her ability to enter, it seems to me, almost any character and any situation, all of which is there on the page. But I have also always admired her ability to go forward, to keep going. She doesn't linger over a story or a novel too long, or at least I believe she doesn't. She lets them go. Or perhaps more accurately she keeps going. There have been times for me, when I am working on a novel or a story, and I say to myself, "Joyce would have sent this out by now." Or if I feel stumped, I think how Joyce would have mined this anecdote long ago.

A situation comes to mind. We were both at Princeton, having lunch with a colleague who was telling us a very complicated and engaging story. Joyce and I were both utterly absorbed in it, and, apparently, we both went home and wrote it down. I was not surprised to see hers appear months later while, despite my best intentions, mine still lingers in a drawer.

I think what has always drawn me to her stories is the breathless quality of her writing, this voice demanding to be heard. One feels that she is utterly convinced by the story she is telling and entirely committed to the telling of it. I believe the stories she is writing, but perhaps more important I believe that Oates believes. Yes, Joyce Carol Oates has written a lot, and her detractors might say too much. Despite the recent loss of her husband of forty-eight years,

Raymond Smith, Oates continues to write and mine and plumb the complexities of the human psyche. To find that thread that leads back to the self. Hers is a never-ending search, but the fact is she has a vein that has not run dry. Other writers would kill for such a lode. Oates addresses this issue herself in her recently published journals when she says, "It may be that we all must write many books in order to achieve a few lasting ones."

For me Oates has written four or five books that I consider to be classics of the American canon, and books that have certainly changed my life. *Because It is Bitter, and Because It is my Heart* is one of the most important novels about race and coming of age I can think of and *You Must Remember This* is a tour de force of passion and incest and family. *Blonde,* Oates' tribute to Marilyn Monroe, is a masterpiece.

Perhaps because I am also a writer I understand the need to write a lot, even the compulsion to make ourselves understood with words. And to use the word to articulate the confusion of the human experience. I believe it was Moravia who once said that life is chaos. Only literature makes sense. Oates is a writer who continues to try and make sense for us. She possesses what Nabokov called (as Michael Dirda referred, in a recent piece about Oates in the New York Review of Books,) "the wand of the enchanter." Whatever she touches with her prose is made real or it is transformed and we, her readers, are transformed, and perhaps made all the more real, because of it.

A Conversation with Joyce Carol Oates

by Mary Morris

A Conversation with Joyce Carol Oates

The English novelist John Berger once said that a writer draws his or her material from three sources: experience, witness, and imagination. Would you say this is true for you and how do you think the equation plays itself out for you? Equal parts? Or does something more happen? I have always thought of your work as experience somehow rendered and reduced, like a great sauce.

I think of writing—especially lengthy novels—as analogous to rivers into which numerous tributaries flow, indistinguishable from one another. So much goes into even a short story—a mood, a memory, an overheard word or glimpsed gesture, a strong emotion, an actual "story" out of one's life . . . For me the initial concept is just the raw beginning, the true test / challenge is acquiring the language that is appropriate to telling the story. This is the hard part.

I have often had the experience that a story "happens" to me, as if I have no choice but to write it. In these moments it completely takes me over. Do you have that feeling, or a similar one, in the early stages of a novel or story?

I've frequently had these "imaginative seizures"—"aesthetic visions"—that seem to envelope the mind, in a flash. There is the visceral excitement of a dramatic scene—the culmination of a dramatic event—almost a pulse-throb of intensity—but it is purely speculative, and, to realize may take months—years—of effort. Without these flashes of insight, I don't think that we could write at all—at least, not long novels—but the flashes are ephemeral, and most of the work of the novelist is analogous to long-distance trucking: each morning you climb up into the cab of the gigantic vehicle, and start out, and see how far you can go before you give up utterly exhausted . . .

Many of your novels, and some of my favorites, are set in that hardscrabbled world of Upstate New York. You come from that part of the world. Port Orsinsky. I'm thinking also of your most recent, The Gravedigger's Daughter, *which you have said is autobiographical. How important is sense of place, and most specifically this place, to you as a writer? And how does the autobiographical come into play in this novel?*

I don't think that I would write—or even could write—without a very vivid, visceral, visual sense of place. (The other day in Sanibel Island, where I'd given a reading, a woman reader spoke of noting how many smells there are in my novels . . . of which I had not been particularly aware.) For me the excitement is the memorializing / evoking or re-evoking of a place, through language. I experience it again, this time more intensely than when I'd merely experienced it as landscape. The autobiographical aspect of this novel is rather more oblique since I am not really in it; I'd evoked, at the end, a woman professor, but her voice is far harsher than my own, as her life has been far more difficult and her vision of the world is far more cynical. Most of the autobiography here is the evoking of the landscape and long-ago emotions.

I must say I too have often been struck by the smells in your writing. You have, in fact, made me more aware of smells in my own life and work. For example right now it is spring and I am trying to enjoy what the air smells like in New York. But returning to the question of sense of place . . . it is almost as if there is a kind of longing for what has been. A Proustian sense of desiring lost time. I know that sometimes in my own work I want to write about Illinois because of what writing about it evokes for me.

Smells are so vivid to me, perhaps because I am from the country—certain degrees of damp / wet / wet leaves, wet mud / wet grass / a mineral smell / smells of snow—old, rotting wood—barn smells, animal smells—(my farm background)—yes all this is very evocative to me, the "setting" for a human drama of some mysterious kind.

You shared with me that Mistrial *is a story that evolved out of your time on jury duty. Can you talk a little bit about that evolution? Did it just come to you or did it happen over days of sitting and waiting? Did you write it down as it came to you? In general I'd love to know more about where your stories come from. Can you give me a sense, perhaps just using* Mistrial, *how one might germinate in your mind?*

Mistrial is a story generated by the strange pathos of the Mercer County Courthouse and environs as by the somber city of Trenton itself, not unlike Detroit. I was nearly on a jury—in fact, I had been placed on a jury—but could not accept because of a time conflict. The defendant in the case was a drug dealer who resembled the defendant in my story. I saw how a lonely woman could fantasize a kind of love relationship and totally violate the "objectivity" of the juror process; and how she might even use this power to enter the lives of the defendant and his family. There is a powerful, difficult-to-explain romance of such lives, to me; I think they must remind me of the lives of people whom I've left behind, miles and decades back in upstate NY.

We all knew people like Denise McSwann, didn't we? Marginal, with dead end lives we knew weren't going anywhere. I don't know if you've felt this way, but sometimes, when I think of my small Illinois town, I feel like I'm the one who got away. But then I long for what I have gotten away from. Again I am reading in this answer that feeling of nostalgia for what has been. As you know, your work has always had a special impact on my life. You have been my literary mentor, in fact, in case I have never told you this. And I think part of what I most admire is that ability to transport—to travel through time and space to other moments we have perhaps all left behind. Do you see yourself this way? As a time traveler?

Yes, in a way: a time traveler. (*The Time Traveler* is in fact the title of a book of poems of mine, published in 1983. It's the one book I often read from when I am giving a reading, poetry alternating with prose. Very "nostalgic"—yet somewhat hard-edged as well.) Most of memoirist writing has this temporal fluidity about it—a kind of psychological magic. Unlike actual life which moves forward chronologically, imaginative time moves in leaps and pleats, doubles back upon itself, meanders and often surprises us . . .

At times you have drawn your ideas from the headlines. In fact recently you received some criticism after you wrote a rather explicit short story that appeared in The New Yorker about the tragic, and gruesome, death of a college student. I know you issued a public apology to the boy's family. What drew you to this story and do you think you should have allowed your imagination to come more into play?

I issued the apology because I didn't think that the issue was very important. Of course we all know that writers/artists use the exterior world all the time—otherwise, what sort of art would we create?—but there were strong feelings locally, I'd received some threatening e-mails, and the situation did not seem to call for a strong public pronouncement. When the story is reprinted, it will be just minimally changed, and no one will notice, or care. It was the flaring-up of a week or so, driven by the Trenton Times on a tabloid tear, as the (slightly embarrassed) local reporter conceded. Anything to sell papers in economically depressed Trenton . . . (The story will be reprinted in *The Best Fantasy and Horror 2008,* which seems appropriate.)

There are moments when I feel as if you are holding up one of those cosmetic mirrors up to reality. That you take us past the skin and the pores into the deepest recesses of the human heart. We can see how passionate and needy and grotesque we really are. I think particularly of your magnificent novel, Blonde. *How do you go so deep? How are you able to put so much out on to the page?*

These are difficult questions to answer . . . I spend a good deal of time just thinking/dreaming/meditating about what I am working on. As I'd said, I try to acquire a voice appropriate to the character and the subject matter and until I get this voice, I really can't write. *Blonde* was written as my father's health deteriorated and we spoke often over the phone. It was—it is—my death trip of a kind—since the protagonist Norma Jeane is telling her posthumous story as if in voice-over, as we see a kind of surreal movie. I became very close to my father during these months, though there was always much to him that remained mysterious to me. Emotionally, I was closer to my mother—who is the model for Gwen in *Missing Mom*—but my father was the more complex, moody, and artistic—he played violin as a boy, played piano and organ for most of his adult life, painted (even my portrait) with an amateur's zeal and enthusiasm. I came to feel a natural kinship with Marilyn Monroe who tried so very hard and was nearly always underrated, treated condescendingly by Hollywood. I wonder if you know that in my story collection *I Am No One You Know,* there is an out-take from *Blonde* titled "Three Girls"—the manuscript was 1400 pages and some chapters had to be excised.

Foxfire *in a sense is a story about telling stories. Is this a theme in your work? How we tell our stories?*

Yes, *Foxfire* is about adolescence, a time of ripening imaginations and passions. It's an homage to my Lockport, NY background—more a feeling or sensation than anyone or anything actual; the sort of romantic yearning we have for our own long-lost pasts, in this case the girls of my junior-high life, some of whom I knew well, others at a distance.

Can you talk a little about your process? For example in The Gravedigger's Daughter *there is a three hundred page long flashback into Rebecca's family history. Did you know this would be the structure of this novel?*

I usually structure a novel very carefully, well in advance of the narration. Though in the case of *The Gravedigger's Daughter* I was working more intuitively as I neared the ending; one day, I knew that the ending would be an exchange of letters, and wrote this as a self-sustained story (which is one of my favorites of my own stories.)

But what about that three hundred page flashback. I thought that was amazing. You just left your front story behind. Was this a conscious choice or did it just happen as you were writing?

I didn't think of the "flashback" in this way: naturally, *The Gravedigger's Daughter* existed in my imagination as a continuous story. I chose to begin with Rebecca walking home from work along the canal because this is a crucial day in her life—when she encounters the mysterious Byron Hendricks who seems to speak to her innermost self, or secret self, unknown even to her. The prologue occurs earlier that day, at the factory. (Incidentally, my grandmother worked in a factory just like this as a young woman whose husband had left her with a young child, my father . . .) I imagine my novels as continuous narratives, but there is usually a way to begin, a way in, much more dramatic than the chronological opening.

Describe your ideal day. Can you write anywhere, under any circumstances? On jury duty, for instance. Or do you need a specific environment? Do you have to be at home? Can you write in a taxi cab?

Ideally, I work through the morning, take a break at about 1 P.M. and resume again in the late afternoon, sometimes into the early evening. (Because Ray has passed out of my life, my routine is utterly upset. I haven't been able to write except in fevered bouts of note-taking and feel very exhausted much of the time.) I can take notes and do sketches virtually anywhere, for instance on airplanes, since I write in long hand anyway. Jury duty was so very dull, I think I just sat numbly and read, or did aerobic exercises at the end of a corridor (where another woman was doing what looked like yoga).

Have the themes and concerns in your writing changed as you've matured and grown older as a writer?

It would probably be for others to say, not me. I am quite certain that I rely more upon voice than I did in my early fiction. However it would probably be for others to say, not me.

Given the current literary climate, do you think it is more difficult for a young writer starting out today? Is there any advice you would give?

What a problematic question—I really don't know. I think that it has always been very difficult for literary writers; even Eudora Welty was encouraged to write a novel, before her publisher brought out a collection of stories. (Though obviously the publisher must have given in.) For some writers, who are ethnic-Americans, gay or lesbian, it is probably somewhat easier to be published since there is a more definable market for their work than existed in previous decades when the template was the Straight Male Caucasian Writer.

I know that teaching creative writing has always been and has remained an important part of your professional life. Surely you could have stopped teaching by now. Is there something you draw from your students that feeds your own creative endeavors? Why do you keep teaching?

I've always enjoyed teaching—the presence of fellow writers, or younger versions of myself, perhaps. I'm a little worried right now about my energy level which seems to be so low . . . teaching does depend so much upon enthusiasm, dynamism.

You have just published your journals. I believe in them you speak of the journal as an experiment in consciousness. Can you talk a little about how that works in your own creative process? And also about the decision to publish them.

Everyone should keep a journal of some kind. It is essential to clarifying one's thoughts, selecting and analyzing the issues of one's life that would otherwise be lost in a continuous stream of consciousness . . . I began my journal not thinking that it would continue for so many years, of course. It began as an exercise to combat homesickness for the United States, while we were living in London for a sabbatical year; but the Journal as it has been published begins later than this, and is a sharp-focused look at fairly ordinary daily life, as I'd lived it. I am now experimenting with a new way of "journal-keeping": a continuous log of e-mail messages sent to friends—that is, a selection of friends; I've found that I have much to say that is specific, to an individual; something very different, to another individual; and yet something else, that may be startling and unexpected to me, to another individual. Instead of the single voice of the Journal, I have several voices that are modulations of the singular. The older way of keeping a Journal now seems to me rather formal and self-conscious, though I sometimes write in that way, too. The value of a daily Journal is that the actual realities of life—major, minor—significant, trivial—can be maintained in a fairly graceful and unforced manner. I don't anticipate publishing any more Journals—perhaps ever. This large volume, so handsomely produced by Dan Halpern at Ecco Press, may be enough.

You haven't gone totally cyber, have you? I hope you still keep a journal.

Yes, I do, though not as rigorously. Like you, I am always writing while traveling—loose sheets of paper, usually. I love the intimacy of the journal form, its ease and conversational tone; my sense that I am not exactly talking to myself but being instructed by a just-slightly-superior self . . . to which I should listen at all times.

Goethe wrote once that all writers are homesick. We are all searching for home. In your journals you also speak about homesickness. Is this a piece of what happens with you?

"Homesickness" is a clear motive in most writing that evokes the past—we write to memorialize the home we have left, the landscape or cityscape; much of Irish literature is founded upon this sentiment, that can shade into sentimentality at times—understandably; but is genuine, and can evoke true emotion. I have difficulty reading anything that isn't strongly rooted in a place or a time or a sensibility—which is why much of the lighter, more ironic and "jokey" sort of experimental fiction has little appeal to me. My writer-friend Richard Ford and I were saying the other day that, perhaps surprisingly, or perhaps not, what we valued in fiction most was something very like "sincerity"—which was my predominant criteria for a fiction competition I was judging recently. That is one of the reasons why a relatively artless memoir can be enormously popular while an artistically ambitious work of fiction goes unread—one wants to feel, rightly or wrongly, that this matters. I think of Borges's remark—Reading should be a happiness.

First let me agree with you about clever or "jokey" experimental fiction. I still want to read a good story, well-told. I want to enter a world and stay there until it is done. Recently I have returned to Willa Cather and Flaubert just for that reason. I think part of a writer's sincerity is the clarity of our sentences and the directness of our narrative. But you aren't saying that you'd rather read an artless memoir than an ambitious one, are you? It seems that what you, and Richard Ford, are asking for is a lack of pretense, a writer who is honest, both in the story and the language, of what he or she is writing.

No, I don't mean that I would prefer an "artless" memoir over an "artistically ambitious" novel, but that one can understand the popularity of the genre, for people for whom aesthetics is irrelevant but "sincerity" is urgent. People tend to read to learn about the world, specifically how to live their lives—most people don't read to admire sentences, ingenious literary structures, "symbolism." That may be painful for some literary people, but it is true. A work of fiction that can combine numerous elements—literary ambition but also passion, emotion, spiritual significance—this is our great aim, as readers and as writers.

Beyond your work as a writer of serious literary prose, you have experimented with many genres—fantasy, horror, mystery. One thing that people often comment on is the violence in your work. And there is certainly the hint, and promise, of violence in Mistrial. *Personally I am always amazed at how far you can allow your imagination to go. There are moments, for example, in* Blonde *when Marilyn is sodomized that astonish me. I guess my question is, quite simply, how can you go there?*

I can't seem to get a grip on this question, Mary. As a writer I just write. I daydream a good deal, I meditate, I write and rewrite, and I write. That is all the secret to it!

Yes, but it also seems as if in your imagination you are able to go farther than most people. To imagine the darker, the deeper, the more extreme. I mean I know that I don't go there. But let me phrase this differently. Do you see violence, particularly violence to women, as an important part of your message as a writer, if you have a message at all?

I don't think that I have a "message" in my writing: I would not be comfortable even guessing what such a "message" might be. My general feeling about writing is that of

George Eliot/D.H. Lawrence: literature should evoke "sympathy," break down the barriers between people, allow us to identify with people seemingly unlike ourselves. For some writers, "bearing witness" is an urgent imperative: we must "bear witness" for those who haven't voices themselves, because they have been silenced, or because they are no longer living. (To "give voice" to a silenced young-woman victim, I wrote the novella *Black Water,* and wrote it in ballad-form, as a kind of ongoing chant. In the old English and Scottish ballads there are numerous tales of young women who have been raped and murdered whose spirits return to "tell their stories" in a sort of ghostly song—I was aiming for something like that, in very contemporary terms. To find the archetype beneath the newspaper headline and the scandal of the season is an exciting literary adventure.) Overall I am fascinated by human personality and its astonishing transformations, and tend to become entranced by how a story—a "plot"—enters the lives of individuals and like the giant sea serpent that grasped Laocoon and his sons in its coils totally transforms them/us. *The Gravedigger's Daughter,* mostly fiction but based upon the younger life of my father's mother, is one such novel: my grandmother's life was totally transformed by acts of her father's, wholly beyond her control, and so much in my father's life and subsequently in my own life followed as a consequence of this: that she did not die at her father's hand, as he'd initially intended, but was allowed to live, and lived out the remainder of her life . . . Her life was a gift, beyond that terrible day, and therefore too my father's life, and my own, were "gifts"—how close we'd come to never existing! For some reason my great-grandfather, obviously a deranged and tragic man, decided at the last second not to kill my grandmother with a shotgun blast, somewhere upstate in New York, in Niagara County decades ago. Not a day passes without my thinking of this miraculous transformation . . .

There is a touch I've always loved in Foxfire. *Maddy comes up to the typewriter that is missing certain letters and those letters spell* OATES. *I have long believed that this was your signature on this book and perhaps for some reason, more than others, you felt the need to sign this book. Is this your signature and are you in some way saying that this is a book about which you feel very personally?*

How sharp-eyed you are, to have noticed this! Yes, I am very close to Maddy—as to Legs. These girls are, as the saying goes, "my heart." It very much evokes a long-ago time in upstate New York. (Did you know that Angelina Jolie made her film debut in the movie "Foxfire"? She was terrific as Legs—if rather too stylishly beautiful to be believable. All the girls were good. But the film was so low-budget it had little atmosphere; there wasn't even the girls' special "Foxfire" car which was a true loss.)

I was very happy when I saw this. It is like a visual artist who has secretly signed her painting.

Thanks, Mary.

Flaubert, among others, has famously spoken about being bourgeois in your life so that you can be wild in your imagination. Do you need that stability in order to allow the wildness of your imagination to come into play? Given what you have been through lately, the loss of Ray, this question may not be appropriate. I leave it up to you to answer as you wish, or not.

Yes, stability is probably the most essential element in a writer's life. Perhaps in anyone's life. Unstable family life, emotions, ill-health—all these mitigate against the periods of calm, quiet, privacy we all need for concentration. I am much admiring of writer-friends—women, I mean—who have been able to have children and hold families together as well as write, and often teach; it has never been quite that much of an effort for male writers, as we know. Your life, in contrast to mine, has been adventurous—your travel writing is remarkable, and your zeal for situations that might even be dangerous is impressive. I have never been a very good traveler—partly, it's raging insomnia that awaits me if I venture too far from familiar circumstances—so staying home, as I've mostly done, I have had the opportunity to live relatively quietly and to write for long hours of the day. Which is why I have written so many books, no doubt—while others of you have had so many adventures!

Autori/Authors

JOYCE CAROL OATES è nata a Lockport, New York. Autrice di romanzi, racconti, poesie, opere teatrali e saggi, con il marito Raymond Smith ha fondato la Ontario Review e dal 1978 insegna all'Università di Princeton. È una delle voci più importanti della narrativa americana contemporanea. Leconte ha già pubblicato il suo racconto "La fabbrica di pesce" sulla rivista Storie all write.
JOYCE CAROL OATES was born in Lockport, New York. A versatile and prolific writer, she has published novels, stories, poetry, plays, and nonfiction. With her husband Raymond Smith, she founded the Ontario Review and since 1978 she has taught in Princeton University's creative writing program. Oates is one of the most highly acclaimed writers in contemporary literature. Storie has already published her short story "The Fish Factory" (Leconte 2003).

MARY MORRIS vive a New York. Autrice di romanzi, racconti e reportage, in Italia ha pubblicato *Niente da dichiarare* (La Tartaruga 2000) e *Revenge* (Leconte 2007). Per Leconte, ha anche curato *Purgatory* di Paul Auster.
MARY MORRIS lives in New York. She is the author of six novels including *Revenge, Acts of God, The Night Sky* and *House Arrest*, as well as various collections of short stories and travel memoirs. She also edited the volume *Purgatory* by Paul Auster (Leconte 2005).

Bibliografia essenziale/Selected Bibliography

Joyce Carol Oates

By the North Gate, Vanguard 1963
them, Vanguard 1969
Wonderland, Vanguard 1971
Where Are You Going, Where Have You Been?, Fawcett 1974
Marya, Dutton 1986
You Must Remember This, Dutton 1987
Because It Is Bitter, and Because It Is My Heart, Dutton 1990
Foxfire, Dutton 1993
We Were the Mulvaneys, Dutton 1996
Blonde, Ecco Press 2000
Faithless, Ecco Press 2001
I Am No One You Know, Ecco Press 2004
High Lonesome, Ecco 2006
The Gravedigger's Daughter, Ecco Press 2007
Wild Nights!, Ecco Press 2008

In Italia
Quelli, Rizzoli 1973
Marya, E/O 1990
Acqua nera, Anabasi 1993
Foxfire, Anabasi 1995
Nel buio dell'America, Sellerio 1999
Blonde, Bompiani 2000
Una famiglia americana, Tropea 2003
Misfatti, Bompiani 2003
Mike Tyson, Mondadori 2003
Storie americane, Tropea 2005
Tu non mi conosci, Mondadori 2006
La madre che mi manca, Mondadori 2007
Le cascate, Mondadori 2007
La figlia dello straniero, Mondadori 2008
Sorella, mio unico amore, Mondadori 2009

lecOnte

ultimi volumi pubblicati

STORIE THE WRITE SIDE
Paul Auster, *Purgatory*
Raymond Carver, *Tell it all*
Gerald Locklin, *Charles Bukowski a botta sicura*
Coline Serreau, *La crisi!*

STORIE[S]
T.C. Boyle, *Selvaggio*

STORIE ALL WRITE
Murakami Haruki, *Granchi*
Gregory Corso, *Diluvio*
Laura Hird Group, *Ten Minutes Scots*
AA.VV., *New Yorkers*
Robert Coover, *Romance*
Scott Turow, *Cose promesse, altre sognate*

TROVATORI
Thurston Moore, *Alabama wildman*
Lydia Lunch, *Paradoxia*
Emanuele Bevilacqua, *Estate di Yul*
H.E. Francis, *L'uomo che faceva persone*

JERRY SAYS
Jerry Stahl, *Mezzanotte a vita*

ITALIANTI
Sara Vannelli, *Guarda che me ne vado*

QUADERNI A STROFE
William J. Harris, *Domande personali*
Edward Field, *Vincitori e vinti*

finito di stampare nel mese di febbraio 2011
per conto di Leconte Editore
presso Grafiche del Liri, Isola del Liri, Frosinone